U0010569

排灣祭師——

谷娃娜

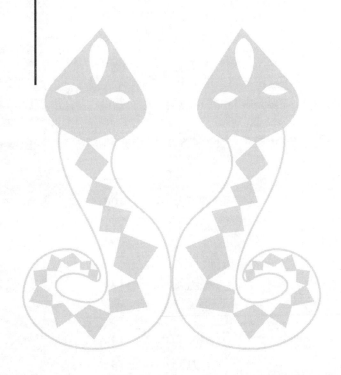

晨星出版

第 壹 部 ─────────

第 貳 部 ─────────

CONTENTS

第參部 ————————

| 作者序 |

陳英雄

　　根據排灣族人的古老傳說，我們的祖先是由一對名叫巴朗與部拉魯揚的兄弟，以及他們的妻子周谷和沙木娜奴，在阿達烏剌麻斯（族語：阿達烏指太陽，剌麻斯指神明，即太陽神）指示下，兩對夫妻經由神明噴火雙眼和巨人的協助，辛苦的走到了有著豐腴土地的客芝林建立部落，使一排一排的茅屋坐落在巴納溪兩旁，從各地應神明指示而來的排灣族人也一群群地趕來居住……。沒多久，部落傳來了嬰兒的啼哭聲，豬圈裡的大小豬隻也因肚子餓，不斷地發出狺狺之聲，成群的雞隻在公雞的帶領下，不斷地在部落周圍梭巡覓食，天上的烏鴉們似乎感染了他們的生氣，也在天上發出歡樂的叫聲……。一時間，這個世界就滿溢著生命跡象，一切彷如進入了生意盎然的地步。

　　太陽神為便於管理這群排灣族人，祂乃命令巫神駐守部落內，傳授年輕女孩們各種祭祀經文，教導她們驅邪除靈的方法，使排灣族人能夠安身立命，不斷地成長，以致於雄霸大武山下，成為一個受人敬畏的偉大族群。

　　當這些習巫少女們都學會了使用巫術治病、驅逐惡靈時，巫神乃舉辦盛大的「立巫」儀式，使這些女孩們

在學會了巫術後，能獨立作業，將好精靈留下，把壞惡靈驅逐部落外，以安定人心，促使族人逐漸強大、旺盛！

谷娃娜‧麥多力都麗這一批習巫的女孩們，在習得巫神傳授的巫術後，就在大武山下廣袤的部落與部落間除邪靈迎巫神，以她們習得除邪的方法，治療患病的族人。

當然，為傳承這個重要與偉大的工程，他們也傳授部落年輕女孩各項祭祀經文以及治病的方法，使巫術發揮到空前的興盛。

至於傳說中侵犯族人的矮黑人群，敵不過排灣族人的撻伐與攻擊，乃在多年後自然地消失在地球上，成為後人茶餘飯後的傳說故事……。

| 推薦序 | 兀自飛行的孤鳥

pasuya poicon ü / 浦忠成（考試院考試委員）

　　文學可以記述民族的遭遇與希望，也會呈現一個人在生命過程中的經歷。什麼樣的民族就會有什麼樣的文學，什麼樣的生命體驗就會寫出什麼樣的作品。台灣原住民真正開始執筆寫作，是在日本統治期間，少數接受過師範、醫科教育的族人，在《理蕃之友》等發表作品，內容包括學習、工作的心情與期待，對於部落生活與習俗改變的感受，以及赴日參觀的心得等。戰後，語文轉換與冷肅的政治氛圍，讓很多人噤聲，而對當時「山胞」文化的壓抑，使得原住民知識份子極力迴避，不願發聲；一直要到 1980 年代，一批在大專院校的原住民學生手寫出版諸如《高山青》之類的刊物。

　　台灣商務印書館在 1971 年出版了由排灣族陳英雄所寫的《域外夢痕》。在當時，所謂「原住民文學」尚未被提出，後來由吳錦發先生編輯，由部分原住民作者寫作文章合輯的書稱《山地文學》。陳英雄當時取的書名，以及彼時台灣社會的環境，讓這本戰後首本原住民作家撰寫小說選集，並沒有獲得該有的合理評價。1980 年代後期，新一代的原住民作家出現，開始在原住民族運動風潮之後，寫出抵抗統治、爭取民族權益訴求的作品，也有回歸族群，嘗試描述部落文化習俗的創

作。台灣本土意識崛起，讓原住民族運動獲得支持，政治方向的改變也激勵更多原住民作家投入。日籍台灣文學研究者下村作次郎教授曾驚訝於原住民作家在極短時期的創作能量。但是，這個原住民文學被注意的時期，陳英雄卻沉默了，他沒有跟風般的積極寫作。同時期，在某種已然設定的評論準則中，有些人主張原住民文學必然就是抗爭與激情吶喊的文學，捨此不算！因此曾有人評論陳英雄的作品不能算「原住民文學」，因為他從不罵人，不罵統治者，有時候還加以歌頌。可是，陳英雄卻是道道地地排灣族人啊！他只寫他熟悉的故事，誠懇表達思維，絲毫不造作。

那麼多年來，陳英雄從不去爭辯，只是想辦法爭取國家文藝基金會寫作的支持，慢條斯理地寫著他記憶中家鄉的故事。他退休的生活，過得相當辛苦，身體也不是很好，三不五時接到他住院治療的消息，居處不定，但是仍然持續寫作。日前在信箱收到他的長篇小說新作《排灣祭師——谷娃娜》，頗感驚喜，趕緊閱讀一過，筆調延續以往，內容也是自古到今，敘寫部落人物故事與生活習俗；小說以被遴選為巫師的少女谷娃娜成長的遭遇為敘述主軸，再取部落環境的變遷，族人互動，鄰

族交流，愛侶相伴，襯托其生命的亮麗璀璨。在這部長篇敘事中，作者詳述成巫過程與各種儀式程序，有如人類學田野筆記那般鉅細靡遺，或有人要詬病其蕪雜，我卻要辯護，這是雜揉現實與虛擬的民族小說必然的成分。陳英雄已七十多歲，在沒人想到原住民文學的時候，就寫了多篇部落長篇小說，卻因他沒有附和 1980 年代形塑的抵抗氣氛與寫作方向而遭有意無意冷落。如今他兀自書寫的情節內容，如實是一個旅外的排灣族人，再現其親聞、記憶。血液、語言與部落脈絡，讓他如蒼鷹猶然高飛於家鄉的山林溪谷之上，只是他是一隻單飛的孤鳥。新書即將付梓，為對作者表達敬意，謹撰序文推介。

2016/10/18 於劍潭寄寓

｜楔子｜

——Esazazach，Esazazach！
　　Esazazach，Esazazach！
……

　　一群年齡約在十五、六歲的排灣族少女們，在甫力高（排灣族語：祭師或巫師）的帶領下，聚集在巴力西彥（族語：祭祀台）的廣場上，虔誠地誦唸她們學習半年的咒語，希望偉大的嘉卡拉烏斯（排灣族人所敬仰的戰神）能降臨在祭祀現場，將部落裡所有生病的人治好；也降福給所有族人們，使這個局促在山腳下又臨海建築的部落，能夠迅速地回復往日生氣蓬勃的好日子。

　　谷娃娜·麥多力都麗也夾雜在眾姐妹們中間，賣力地誦唸她們多月來所學到的巴力西彥（族語：祭祀），祈求神祇來到部落，賜福給部落的每一個人！

　　這些自稱排灣族的台灣原住民們，自從祖先們定居這裡以後，他們崇拜阿達烏剌麻斯（族語：太陽神）以及星星、月亮和百步蛇！族人們甚至以為，他們的祖先是百步蛇的兩顆蛇蛋所孵化而成的男人與女人！因此，他們敬畏百步蛇也崇拜百步蛇；他們甚至尊稱百步蛇是「拉馬扔」（族語：老大），萬一在山區或水邊遇到百步蛇，人們一定站到路邊，恭敬地讓百步蛇悠然爬過！

　　排灣族人就是這樣尊敬百步蛇！

　　谷娃娜年輕的臉上，有一對狡黠而靈活的漂亮雙

眸！她窈窕的身材，被豐滿的胸部襯托得更為迷人！

她像一朵盛開在深山裡的花朵，嬌豔，迷人卻不失她純潔的靈魂！每天快樂地悠遊在山澗與山路上，好像所有的煩惱不曾令她擔心過！

這個人們所稱「客芝林」的部落並不大。它被兩座大山夾在中間，一條安靜流過的山澗在部落的南方，部落就緊靠北方的高山底下平原建築！

客芝林部落如同其他排灣族人一樣，敬畏太陽神，崇敬大自然及星星、月亮，人們每天日出而作、日落而息地辛苦耕作，希望今年有一個好收穫⋯⋯

他們依照歲時變換，每年三月初舉行「芝摩穀得」（族語：春祭），家家戶戶就在他們辛勤耕作的山地園區，帶著自製的吉那扶（族語：素粽，那種以野菜包裹的糯米粽子）到新開闢的園地上，祭祀剌麻斯奴娃卡度（族語：山神）、剌麻斯奴娃拉米（族語：穀神）以及剌麻斯奴娃父父娃卡（族語：祖先們）⋯⋯，務使每一個被祭祀的神祇都能降臨到他們的耕地上賜福，好有一個豐年！

這些排灣族人就是這樣的虔誠，可愛！

當然，偉大的太陽神以及所有的神明們，大家都看在眼裡，更加保佑這群敬神、認真又可愛的排灣族人，歷數千年而不輟！

第
壹
部

| 第一章 |

　　谷娃娜‧麥多力都麗張開惺忪的雙眼，迷迷糊糊地走在巨石矗立的山澗，以她十四、五歲的年紀，看來顯得瘦了些；但她眉宇開朗，個性活潑，十足排灣族少女的模樣！

　　──嘎！

　　突然，一隻不知名的小鳥發出尖叫！谷娃娜在毫無無預警的狀況下，嚇了一跳，咚咚咚地倒退數步，緊張地以雙手撫住胸口，嘴裡大叫：

　　「麻亞！」（族語：不要！）

　　但是，河谷裡除了那矗立的大石頭外，根本就看不到什麼，谷娃娜定神一看，不禁自言自語起來：

　　「本來就沒有卡拉勒（族語：惡魔），我怕什麼！」

　　其實，谷娃娜多慮了。那隻小鳥原來就在河床上覓食，由於受到她的驚嚇，才突然飛走，根本就無意嚇唬她。世上有很多事往往就是如此奇妙，你在無意間時，就會製造一些誤會讓事情變得非常巧合，很容易使人誤會在這個世界上，真有神怪什麼的事！

　　谷娃娜為了安撫不安，口裡開始吹一些不知名的小曲，彳亍地往深山裡走去……

當她走過相當難涉的河床石群時，遠遠地看到了那間建築在河邊的山居小木屋，使她疲憊的神情豁然開朗，她終於可以休息了！

小木屋其實沒有很小，它跟部落裡的茅屋不相上下。只不過，它被建在山區地瓜園裡，四周沒有玩伴可以玩樂，也就顯得小一點了。

谷娃娜放下頂在頭上的芝盆（族語：一種用野籐編織得像臉盆的容器），放在門口的木架上，推開門，一股霉氣輕輕地拂來，那熟悉的氣味十分親切，有泥土味，也有她和父親身上特有的體香⋯⋯

小木屋裡十分簡陋，除了一口滿是木柴燒過後留下的石灰與土灶外，上面也架起一捆捆被綁得結結實實的小米串，這些小米之所以被掛在灶子上，乃是族人的風俗。當族人在土灶上生火烹煮食物的時候，這些掛在灶子上面的五穀也就跟著受到火焰的烘烤，把附在裡面的小蟲弄死，也使小米串更加成熟，更容易在木臼裡脫殼！這是一舉兩得的做法，排灣族人其實很早就懂得這個道理！

她熟練地取下已經烤熟的小米串，放進「芝盆」裡，然後提到屋外，把它放在地上後，擦乾雙腳上的泥

土，迅速地踏上芝盆，使力地用雙腳搓揉米穗，於是，一粒粒飽滿的米粒就這樣慢慢地，從她兩腳底下的小米梗裡被撐下，變成一堆待舂的小米粒堆。

谷娃娜取出床邊的木臼和木杵，放在陰涼的屋前大樹下，把剛才被她採下的小米粒，從芝盆裡放進木臼中，再拿起木杵一下又一下地往木臼敲打，準確地打碎了小米粒的外殼！

這份工作很費力，才沒幾下，谷娃娜就已滿頭大汗！不過，這妮子並不覺得辛苦，她繼續賣力地舂米，期望能早一些完工，她就有新米煮午餐了。

「汪，汪汪！」

突然，一聲親切的狗吠聲驚動了谷娃娜！那是她家養的土狗名叫「處邁」，因為牠長得一身黑毛，個頭又大，像極了族人所說的黑熊，所以，就管牠叫處邁，也就是排灣族語，黑熊的意思！

「處邁，伊督！」（族語：黑熊，過來！）

谷娃娜親熱地叫牠的名字，又將撲上來的處邁抱住，人狗變成一堆滾動的物體，在泥地上打滾！

……

不知道過了多久，人狗玩膩了才又分開，開始對望！處邁伸長了舌頭，口水沿著牠的長舌尖滴滴流下，牠雙眼直盯著小主人的雙眼，好像在埋怨，主人，妳怎

麼留下我在家，我追妳追得好辛苦呀！

　　谷娃娜也猜得出處邁的心事，輕輕地摸摸牠的狗頭，告訴牠：

　　「處邁，你辛苦了。」

　　人與狗就這樣沉默地溝通，一切盡在不言中！

　　處邁是一隻聰明的大狗，牠知道什麼時候要到什麼地方做什麼事。因此，谷娃娜也不擔心牠會走失什麼的！

　　吃過簡單的午餐後，谷娃娜使了一個眼色，告訴狗兒該出去走走，順便狩獵一些像竹雞、松鼠之類的小獵物，好當作晚餐時的佐料。

　　處邁「汪汪！」一聲，就縱身往園地向陽的方向奔去！谷娃娜看到狗兒那麼乖巧，不禁會心地微微一笑！然後，一股睡意襲上心頭，很自然地打了一個哈欠，伸伸懶腰順勢躺在竹編的床上，小睡一會兒！

　　「汪，汪汪！」

　　谷娃娜在睡意迷濛中，被處邁的叫聲驚醒！

　　「什麼事呀！」

　　谷娃娜對著全身溼淋淋的大狗，埋怨地問牠！處邁嗯嗯嗯地告訴主人，牠狩獵回來了。同時，牠以眼神告訴主人，兩隻紅腳野雞就放在大門口啦，谷娃娜會心地往門口張望，而後她看到了狗兒的狩獵成果，兩隻紅腳

野雞正躺在大門外！

她迅速地跳下床，親切地摸摸大狗的頭，告訴牠：「辛苦了，處邁。」

少女跟寵物的溝通就那麼簡單，真心對待應該是最重要的事吧！

谷娃娜擠在同輩們的中間，側身站在卡拉索單（族語：祭祀用的小木屋）靠窗戶的位置，凝神地注視著甫力高（族語：巫師）莊嚴唸經並施法……

只見甫力高拿著西巫奴（族語：法刀），高舉雙手，嘴裡唸著她們這半個月來所耳熟能詳的咒語，抖著身體迅速地趴在地上，仰首，激動地喊著：

啦剌麻斯奴娃甫力高（族語：巫師之大神呀！）

啦剌麻斯奴娃阿道（族語：太陽神）

啦剌麻斯奴娃卡度（族語：山神）

啦剌麻斯奴娃父父娃卡（族語：祖先的靈魂，父父娃卡係指祖先）

啦剌麻斯奴娃納麻勒古亞（族語：意外死亡的魂魄們）

……

　　甫力高一一地呼叫眾神鬼的名字，也一個一個地割下手握的獸骨，再用力地往門外拋出，示意眾神們享用人間美味，好好地保佑族人，不要受到惡靈的侵襲，不要讓天災降臨，讓族人們享有一個平安、幸福的日子！

　　「轟隆，轟隆！」

　　突然，晴朗的天空雷聲大作，雨水像失控的水壩，下起了傾盆大雨！

　　於是，天空變得昏暗下來，牛隻與在外覓食的家禽們，紛紛躲進了牛棚與雞寮，而部落裡的狗兒，開始不安地狂吠起來！

　　正在母親懷抱中吃奶的嬰兒們，似乎也感受到天氣突然的變化，放開奶頭，哇哇哇地大聲哭了起來！

　　感受到異常天氣的變化，人們先是一陣錯愕，然後，才數秒鐘就警覺到，老天爺變了，而且變得非常突兀而奇怪！

　　「麥塞塞基浪（族語：酋長），變天了！」

　　部落的大祭司，慌慌張張地進入酋長的宅宇，告訴酋長，變天了！

　　「我知道。」酋長告訴他：「我們太久沒有『麻衣納炸迫』（族語：出草祭），剌麻斯尼嘉卡拉烏斯（族

語：戰神）很生氣了！」

「你是說，剌麻斯尼嘉卡拉烏斯要人？」

「是的，嘉卡拉烏斯太久沒喝過人血了！」

「那，怎麼辦呢？」祭祀長煩惱地問酋長。

「不難辦，我們就來一場麻衣納炸迫（族語：獵首祭），時間就在三天後！」

就這樣，一場腥風血雨的日子被訂下來了，谷娃娜這群少女準巫師，終於可以見識到排灣族人殺人祭神的偉大場面！

當然，這群從未參與過嘉卡拉烏斯祭日的少女們，只在部落長老們零零星星的敘述中聽過皮毛而已，如今，她們就要身歷其境地祭祀那些死不瞑目的敵首，心裡真是既害怕又期待，盼望能真實地操作祭祀敵首的重大祭典……

酋長的諾言果然嚴謹，三天後的夜裡，一群由七名壯士組成的出草隊出發了！

戰士們採取一一二二一的隱密隊形在黑暗的河床向東方前進！這種隊形的好處在前面的兩個人分開偵察地形地貌，能早期發現敵蹤，以鳥叫聲告知後面的五名戰士，迅速做好應戰作為！

人稱拉馬扔的小組長，為兩名斥候中的其中一人；這樣的安排是因為他戰鬥經驗豐富，人又機靈多謀，如

果排在後面就很難指揮部隊前進！因此，想當然爾，主帥衝在最前面！

　　排灣族人之所以會採取單數戰士出征有其原始傳統；據說太陽神制定族人出草的人數時，祂強調出征人數必須控制在五至七個人。如果一定要追究神祇何以制定如此規矩的話，可以提出如下的理由：

　　第一、避免驚擾在山區附近覓食的野獸或飛禽。

　　第二、七名左右的戰士在山區移動時，比較安靜，不易為敵方所發現。

　　第三、人數不多的戰士行動更快速、隱密！

　　當然，部隊的移動快慢與保密，仍然靠領隊的明智與經驗，絕不是一般人所能代替或更換。

　　戰士們在黑夜裡藉著下弦月的微弱光線，跳躍式地靜謐行軍，未驚動在河床上棲息的野鳥，幸運而緊張地摸索前進……

　　「吱吱喳喳，吱吱喳喳！」

　　突然，兩名斥候發出了鳥叫聲，拉馬扔馬上會意地發出命令！

　　「Ga-lu, ezuwa ahla!」（發現敵蹤，慢步行進！）

　　戰士們放慢腳步並悄悄地跟上兩名斥候！

　　小組長小聲地下達作戰令：

「前面拿著長竹竿的陌生人，可能要去海邊釣魚。他是男人，好目標！」

戰士們會意地迅速擺開平時演練的作戰隊形，拔出雪亮的戰刀，將那個人團團圍住了！

那名釣客發現有「番人」行蹤，害怕得往回奔跑！他緊張地一路跌倒又站起來，試著逃回家求救！但是，他豈是這些凶猛的戰士所能放過？才沒多久，他的釣竿被「番人」抓住，人也在來不及呼叫的狀況下被刺死，人頭亦在頃刻間被戰士們砍下，吊在腰際，而後戰士們往部落的回程跑步！

璀璨的陽光已經昇起，部落的炊煙正裊裊上升，血腥的早晨迎接勝利的戰士們回家！

「嗚——嗚——嗚——！」

村口傳來戰士們勝利的長鳴，村民一個個列隊在部落通往村口的道路上！

谷娃娜跟在眾姐妹們的後面，奮力地誦念，向巫師精靈、巫神（Saljemetje）、創世者（Naveneqac）以及天神（Qadau a naqemate）稟報此刻將進行的儀式。

茲就祭詞記錄如下，俾做保留排灣族人特有的文化與祭祀儀式：

A uanauga ri tjemunaljana tu tja sarkadje tu laualaua tu tia si fasarhutau tu tia secaikerhan saka uljatjeu a finakiciuran ulja tjan a finakiseljangan tu naljemeerhai tu naljewecege.

Kewase qiualjan kewasi cinekecekan a nakiljauha a mareka tja mectjaljak a uanaga ri tjemunaliaga fakakeljang nganga tu tza sarhasarhatje tu a ga dau anagemate saka ulja tjen a finakiciyaran finakisetyangan nu fasarhut tjeu nu fase cacikerhan tyeu!

我們要請出巫師精靈、巫神、創始者、天神，祭儀即將開始，祈求能匯集眾神之力，使一切圓滿順利！

出征的戰士將擄回來的頭顱，以雙手捧著獻給站在祭台上的酋長，恭敬地高呼：

「麥塞塞基浪（酋長），烏魯烏魯（首級）獻給你！」

酋長露出欣慰的表情，嚴肅地接過了首級，一轉身，小心地放至骷髏架上，磊磊的人頭骨骼，擺滿架上，表示他們是一個勇猛善戰的部落！

La chimas nisa adadawu, wozaii yaga wolo wolo, paa eyaga men towa mago waan to wasachimel nowa po nolato aga mawu wa–an!

太陽神呀，這頭顱獻給祢，

祈求祢賜福予吾族吾民，

使萬物都回歸全民，

使我們不再飢餓，不再生病！

　　於是，全部落的族民在大酋長的率領下，如同風行草偃般，全體一致地將雙手平放地面，額頭不停地朝向太陽神像磕頭，充分地表現出人們乞求平安、豐收的願望！

$$③$$

　　部落在經歷那場砍人擄頭祭神的驚天動地事件後，人們卻顯得平靜了下來；他們因為殺人祭神，他們所崇拜的太陽神、戰神及巫神都獲得了適時的祭祀，部落族人也展開了歡顏，心中不再有恐懼感了！

　　不久後，客芝林部落族人驚奇地發現，空氣中不再有冷風流竄，且溫暖的太平洋風正習習地打海平面吹來！

「啊！咖拉豬谷丹啊咖！」（族語：啊！播種的季節來了！）

「是啊！是不是建議巴拉卡萊（祭祀長）開始祭神？」年輕人對季節的變化非常敏感，有人馬上想到要舉辦春祭！

「巴拉卡萊，山上的茅草園已經發芽了，我們是不是要『芝摩穀得』？」有人衝動地向部落的祭祀長建議：該是舉辦「播種祭」了！

依照排灣族人古老的傳統，每年春天茅草發芽的時候，正是部落族人展開播種小米的季節。因此，有人建議祭祀長，該舉辦春祭了。巴拉卡萊指的是祭祀長的職位，不是人名。

「那好，三天後我們就舉辦芝摩穀得吧！」

「是！巴拉卡萊！」

隨著族人的應答，客芝林部落的人民展開了忙碌的祭典活動。部落的用水量也因祭典時家家戶戶的用水量增加了，位在下村的族人很快就感受到，以竹節打通後使用的水管，其中水量迅速地減少，一種缺水的恐慌馬上就充斥在部落中了！

「谷娃娜，你到水源地查查看，家裡的用水逐漸減少了。」

少女的母親從廚房探頭，要谷娃娜去巡查一下水管

的用水何以量變少了。

「喔咿！」（族語：是！）

谷娃娜拿一把工作刀，帶著家犬處邁，順著水管往水源地一路查看！處邁憑藉牠靈敏的嗅覺，忽前忽後地奔跑，山上的茅草被牠踩得一波波往下倒，狗兒身上也因此沾滿了茅草上的露珠，伸長舌頭，牠一路往水源衝去！

水管的源頭位於距部落上方約一公里地方的山澗，水量不多，但水源的澗水一年四季汩汩地流出，供族人飲用乾淨又清涼的飲水！而引接水管的方法，是族人將一節一節已經打通關節的竹子，順著山勢，在竹林與草堆間連接到部落的每一家戶。這種源自祖宗的智慧，數百年來，他們一直謹慎地沿用著。只有遇到颱風侵襲時，他們才會更新竹節水管，這是一直以來不變的定律！

「啊！在這裡。」

谷娃娜驚呼，她發現水管在草堆裡被不知名的動物撞歪了！有一半左右的澗水正汩汩地流出水管外面，草堆裡也積滿了水。看來，水管被撞壞的時間應該是昨天夜裡，人們休息的時候吧！

少女熟練地自腰際抽出腰刀，將塞住水管的野草砍除後，很快地將失散的水管接好，而後澗水則迅速地回

復流暢，順著竹節連接的水管輸送到部落的每一家戶中。

任務完成後，谷娃娜吹著輕鬆的不知名小曲，快樂地回去。

「啊！」

突然，一條手臂粗的大蛇橫亙路中，阻擋了谷娃娜的去路！

少女被這突然出現的大蛇驚嚇，她不知所措地呆立路中！

Noh pawolid to chimas son, maya comochin ah aj alan, uaiko!
如果祢真是神明的話，請聽我的勸告，快快離開吧！

少女拿出隨身的祭刀和一小節獸骨，一面唸著咒語，一面拿祭刀一小屑一小屑地割下獸骨，丟向被祭祀的大蛇。果然，大蛇通靈般地移動蛇身，慢慢地離開了！谷娃娜眼見這奇妙的事，心裡更加相信，她所信仰的阿達烏剌麻斯（族語：太陽神）是這麼地靈驗，竟連不通人語的大蛇也聽懂她所說的話！

這太神奇了！

4

　　部落中的獨立獵戶「法賽」，他是一個遠近知名的狩獵高手，這由他住宅中掛滿了一串串山豬牙的擺設，就能證明他狩獵的地位了！

　　他是谷娃娜的二哥，部落人們心目中的狩獵英雄，法賽喜歡特立獨行，常常一個人背著獵具，滿山遍野地尋找獵物，舉凡山區裡的山豬、山羌以及山羊等等，都難逃他精準的設計！法賽憑藉他矯捷的身手與豐富的經驗，讓所有的動物幾乎都難逃他的「餓麻洛甫」（族語：狩獵）！然而，再勇猛的獵人，也有不幸的事情發生，這是法賽所始料未及的一件大事：他被百步蛇咬到腳踝了！

　　這一天，他帶著愛犬和獵具，順著平時熟悉的山路，前往三天前他在山上設下的捕獸陷阱。沒想到，當他經過谷父勒山的時候，不小心踩到正在路旁休息的百步蛇，牠也因此咬住他的右腳踝！

　　百步蛇是族人心目中最危險的動物，人們尊稱牠是「拉馬扔」，乃是老大的意思，足見族人對牠敬畏的程度了。

　　「啊！」

　　法賽突然驚呼，憑他狩獵多年的經驗，他馬上猜到

自己被蛇咬到了。

他以驚人的速度彎下腰，雙手抓住那隻咬他後想逃的毒蛇蛇頸，使勁地拉起來一看！

「！ㄨ，……」

心頭立刻涼了半截！

「拉馬扔！」（百步蛇！）

獵人的性格立即呈現，他迅速地拿出繩索將蛇頸捆住，牢牢地綁在樹幹上，再抽出腰刀將被毒蛇咬到的腳踝忍痛割開，張口就低頭用力吸出毒液再吐出，如此反覆做了好幾遍，並取出平時捆綁獵物的長繩將右腳膝蓋下方綁緊後，這才放心地虛脫坐下。他取出菸草及自製的菸斗，擊石取火，開始抽菸，思索著下一步該怎麼做！

「拉馬扔，我尊重祢是剌麻斯（族語：神明），所以，我沒打死祢！」法賽對著咬他的百步蛇說話：「假如祢不讓我活命的話，我死亡前一定將祢打死！」

說完，一陣劇痛使他舉起獵刀就要砍牠！這時，奇妙的事發生了，那陣刺痛立即消失，他舉起的右手也慢慢地放下！

當劇痛不再發生時，天色慢慢地暗沉下來。法賽取出乾糧當晚餐，在取出腰際的純水當作湯喝下肚，飽足後，一陣睡意襲心，法賽抱膝昏昏沉沉地睡了過去！

　　次日醒來，他沒有驚動那隻咬他的百步蛇，而牠正蜷縮蛇身，讓被捆的蛇頭露出，安靜地看著法賽。於是，人蛇就這樣平安地度過三天，一直到法賽實現了他的諾言，解開捆住蛇頭的繩子後，就讓百步蛇安靜地離開了！

　　被百步蛇咬過的腳踝神奇地沒有腫脹，法賽的精神經過三天的休養也恢復了正常，於是，他在目送百步蛇遠去後，柱著拐杖，一步一步走回部落……

　　被百步蛇咬到不死的消息立刻傳遍了山區所有的部落！法賽傳奇也成了人們飯後交談的話題：法賽成了抗蛇英雄！在那個知識封閉的年代，這的確是一件非常不可思議的大事！

　　部落族人為感謝偉大的太陽神，酋長立即召集所有的祭師，準備一場盛大的酬神大典！而這項重任正好交給要晉升祭師的谷娃娜這一輩學徒了。

　　這一天，谷娃娜終於見識到祭神時的莊嚴與盛大，也體會到神祇的偉大與神蹟的真實性！

A vannaga ri tjmonalaga to tje salaje tu laala tu tia si pasalatan, tu tia sekaikelau saka ulja the a fenakeciuan ulja tjau a fenakesel ajan tu nalejem erk ai tu matja mecege!

頌讚天神，創造湖泊，海洋、溪流及河川之神蹟！
Kemase qinaljan kemasi cinekecekan a nakiljauha
a mareka tya metyalalak! A vanaga ri tjamunaliage
faka kelja keljau nonga tut ja salasalaje, tu a gadan
anaqemate saka ulja tjen a pena qe che youlan
fenakechumaler nu fasalot te tyen no pase cacikolan
ne tjun...
我們要稟告巫神、創始者及天神們，祭儀即將展
開，祈求能賜予眾神祇的力量，使一切圓滿順利！
向太陽神、創始者、巫神及祖靈宣告，將獻身於巫
術事工，跟從師父習巫，絕無二心！如果中途變
節，願負賠償之責。

　　谷娃娜唸完這一段祭文後，頓覺身心寬裕不少。她
知道，她所信奉的巫神已經接受她們的祭告，會降福予
她的部落，也會更加保護抗百步蛇的勇者法賽，使部落
的一切都能順利進行！

　　祭祀長取出深藏祖靈屋內的祭刀，在祭壇前作式祭
拜天神、祖靈及所有神明，感謝諸神的搭救，使抗蛇勇
士法賽免於死亡，也祈求諸神繼續照顧族人，讓這些太
陽神的子民們繼續生存在大武山下！

　　然後，依照祭祀的程序，法賽被族人簇擁著，一拐

一拐地走到祭台前，雙膝跪下、雙手虔誠地伏地膜拜三次，他說：

Are tu ljiyauaua i kiterhiduwani tyai tjazaraus a na semu nhingau a na uange tje i tagau nua rhener heueu i va i（zemeerezar）！
我們一起向上頌讚開創宇宙天地之神！

　　眾人無聲地一同向天神的方位膜拜，表示全民頌讚全能的天神，使他們崇拜的獵人法賽逃過百步蛇的死亡之咬，全民頌讚太陽神的恩典！

　　百步蛇事件的確讓谷娃娜這一輩習巫者，見證了巫神及太陽神的神奇，那種無法用言語說出的說服力，使她們更深一層地體會，諸神的確無所不在，也無所不能！
　　那些凶猛的百步蛇群，又怎麼神奇地聽懂人語呢？
　　祭祀長巴拉卡萊，說出了令她們睜大兩眼，伸舌稱奇的故事！
　　高聳入雲的丘卡父龍（族語：大武山）山腳下，那

一條清澈的水流旁，有建築在大竹高溪南岸的嘉谷部落，族人剛剛過完瘋狂的豐年祭，正在整理豐收後擺滿穀倉的小米，而部落的兒童們，則快樂地遊戲在附近的森林溪谷裡。

才十五、六歲的少女嘉莎，她有著漂亮的臉蛋以及水汪汪的明眸，修長的身材，凹凸分明地長在合身的衣服裡，長及腰際的亮麗黑髮，把她修飾得分外亮麗！

嘉莎乘著乾爽的季節，頭上頂著待洗的幾件衣服，一個人彳亍地邁向深山裡的山谷。那個地方她不常去，不過，乾淨的溪水深及腰際的水量，正適合少女玩水！

嘉莎才剛到溪邊，突然聽到四周鳥兒吵雜的鳴叫，好像在向她警示什麼，嘉莎心裡有些納悶，這些小鳥在吵什麼？不過，這個念頭在腦海裡只閃了一下，她不在意地自我安慰地想：

「不過是一些鳥兒在嬉戲罷了！」

但是，她愈走近溪邊，小鳥的吱喳聲更加大聲！

「牠們在警示什麼呢？」

……

「啊！好清涼的水呀！」少女驚呼，她看到一泓清澈的水潭，在陽光下發出粼粼的水光，引誘她放棄了剛剛閃過腦際的疑慮！

她迅速地放下頭頂的衣籃，愉快地脫下衣服，光著

身，試探性地由淺岸慢慢走到水潭中央。四周的鳥兒依然吱吱喳喳地警告她！少女卻受不了清澈澗水的誘惑，執意地向水潭的中心慢慢走去。

當少女即將抵達水潭中央時，一件奇怪的事情發生了！

少女突感兩腳被什麼黏住一樣，很自然地黏在一起，然後，她驚恐地發現一條百步蛇的鱗片正慢慢地套住她的雙腳，到了腰部時，她突然大叫：

「麻亞！」（族語：不要！）

但，一切都太晚了，百步蛇的花紋迅速地往上一套，嘉莎變成了一條百步蛇，伸長舌信，在深潭裡游來游去！

「因此，拉馬扔（族語：百步蛇）聽得懂人語！」

祭祀長說完故事後，做了簡單的結論！原來人們平日敬畏的百步蛇，其實是少女嘉莎的分身呀！

祭祀長的一席話，增長了谷娃娜對自然界的一些常識，不主動觸怒百步蛇的話，牠不會隨便咬人，更不會追著你在山區不平的小路上奔跑！百步蛇是神聖有靈性的動物。因此，長久以來，族人都非常敬畏牠，甚至偶爾相遇時，也會主動讓路，使牠悠然地經過面前而不會攻擊人！

神話的嘉莎、神祕的百步蛇，以及族人崇拜自然界

的各種精靈，就這樣地深植谷娃娜的心靈中了！她告訴自己，做一個盡責的甫力高（族語：祭師或巫師），不但要熟背祭祀經文，更要增加更多更廣泛的知識！

師父平時不苟言語，嚴肅的面孔下，原來藏著許多她不知道的東西，她懷疑師父根本就是巫神的化身！

雖然習巫的過程非常辛苦，每天除了背誦繁雜的祭文外，還得學習張羅家族的生活細節，學習一個排灣族人的婦女應盡的責任！但是，谷娃娜這一群孩子們，依然有她們排遣辛勞的方法！

「谷娃娜，天氣好熱，我們到『拉夫克』（族語：大海）玩玩好嗎？」

隔鄰的習巫同伴丘姑，如此邀約正在徬徨今天要做什麼事來排遣這漫漫長日的谷娃娜。

「好啊！」

於是，她們換上平時玩水的衣褲，還另外邀約了莎凡、沙木納努、卡繁等等十餘個朋友，高高興興地往海邊奔去！

無邊無際的大海橫亙在大竹高溪的出海口，遠遠望去，那深藍色的海面有如一面發光的鏡子，在陽光下，

粼粼反射陽光的畫面煞是壯觀！那摺疊式的海浪，層層地往沙灘上重複傾洩，沙子被海水沖擊的聲音，非常迷人！然後，她們逐漸聞到了鹹溼海水的味道，那熟悉的鹹味，振奮了這群少女們的心，她們快樂地換上衣褲，直衝海裡，任憑海浪不斷地打在身上。清涼的海水很快地除去了炎夏的酷熱，心情煞是快樂！

「喔！好涼快呀！」谷娃娜對著載浮載沉在海水中的卡繁說，還不停地划動雙手，保持身體不會下沉！

「是啊！」卡繁快樂地附會。

她們在淺藍色的海浪背後，快樂地游來游去！極像一條條小魚，怡然自得……

「谷娃娜，好餓喔！」

她們玩了一陣子後，丘姑首先表示餓了。

「是啊！我們去『得馬比』（族語：悶烤食物），好嗎？」

「也好。」谷娃娜表示同意。

然後，她們游回岸邊，脫去衣褲，換穿乾淨的備用衣服，展開「得馬比」的行動了……

排灣族人所謂的「得馬比」，是一種非常簡易燒烤食物的方法。他們必須找到乾燥的土地，先用雙手扒開鬆軟的沙地後，在約半公尺深的窪地上，架起木柴成一橫一豎地搭起，引火燃燒！等木柴燒成餘燼時，將地瓜

或芋頭擱置餘燼上面，再加蓋野山芋的寬廣葉子，覆蓋沙子堆積成小山丘般，就算大功告成！

她們利用蒸烤食物的空檔，在適當的沙地上，架起竹竿做成的跳高架，再放上一條橫竿，從最低的竹節開始起跳！

谷娃娜的身材比較苗條，就由她開始跳高；同伴們則在一旁鼓譟，盼望她跳過第一層。如此一來，同伴們才有機會跟在她後面跳躍！

「谷娃娜，應多路過！」（族語：跳高！）

「谷娃娜，應多路過！」

她丈量好助跑的距離後，深深吸一口氣，再閉氣，接著迅速地往前衝！一跳，過去了！

「哇！發發樣納卡大遜。」哇，妳是女中豪傑呀！了不起！

谷娃娜不慌不忙，深深地鞠躬後，說：「麻沙洛！（族語：謝謝！）」接著，沙木納努不甘示弱，迅速地站在起跑點，吸一口氣後，她就往前衝！

「哎呀！」

一聲驚呼，她衝過頭，沒有來得及起跳，把橫在前面的跳高橫竿衝撞到地上，失敗了！

「丘姑，該妳了。」谷娃娜點名，指著躲在別人身後，瘦弱的女孩。女孩未回答谷娃娜的點名，只默默地

走出來，站在起跑點上，注視著橫在眼前的竹竿！

「伊力木！」（族語：快！）

丘姑不慌不忙，深深吸了一口氣，就從起跑點快速跑去，只見她輕輕地彈起，身體一側，小鳥般地越過橫竿，看得同伴們一陣驚嘆！

「好厲害！」谷娃娜佩服地叫道！

「好像阿牙阿牙木！（族語：小鳥！）」有人如此形容，羨慕地大叫！

「……！」

「……！」

大家議論紛紛，使原本歡樂的氣氛，被轉化成嚴肅的心羨與佩服的場面！

「狄亞根哪卡！」（族語：該我了！）

休息一會兒後，谷娃娜不服氣地大叫。同伴們依舊在旁嘻嘻哈哈，她們興奮地看著谷娃娜與丘姑的比賽……

谷娃娜搖擺著苗條的身材，優雅地走回起跑點，指著跳高架，對同伴們說：

「搭高一點！」

同伴們心想：剛剛那一跳都過不去，難道還想跳過更高一點的嗎？不過，想歸想，她們還是把橫竿架得比丘姑跳過的更高一點，每一個人都在看笑話，谷娃娜絕

不會跳過！

　　谷娃娜在起跑點上踮了踮腳，摔開雙手，深深吸口氣，睜開兩眼，以像風一樣的速度，迅速衝到橫竿前一跳！

　　「哇！」

　　「好像法力（族語：風），跳得好高呀！」同伴們驚呼！

　　谷娃娜縱身一跳，剛好躍過了比她身體還高一點的橫竿，再輕輕地落地，那輕飄飄的模樣，令周圍的同伴們好生羨慕！

　　「丘姑，該妳了。」同伴們起鬨地催促丘姑挑戰！沒想到，平時不服輸的丘姑搖搖手說：

　　「不要啦，我輸了！」

| 第二章 |

　　少女們習巫的歷程，終於到了封立儀式（kiringtelje），她們期待的這一天已到；太陽神會利用不特定的氣象來暗示人們，有一群人要成為族人的巫師了……

　　果然，晴朗的天空突然烏雲密布，大地陷入一片漆黑，雷電大作，豪雨挾帶著冰雹，淅瀝嘩啦地降下！不知情的多數人奔相走告，風雲大變，恐有不幸的事件發生！唯有谷娃娜的師父，平靜地坐在火灶前，安詳地抽菸，等待巫神的指示！

　　「轟隆！」

　　一道閃電打中了祭壇旁邊的大樹，濃煙散發出煙硝味，彌漫廣場上，人們驚恐地躲進茅屋裡，只敢伸出頭來察看，到底發生什麼事！

　　「啊！喔沙伊呀，沙歐！」（族語：哎呀！有神珠啊！）

　　「巴喔里得遜？」（族語：真的嗎？）

　　於是，人們紛紛往大樹旁集結，果然，他們驚喜地見到了珍珠大小的黑色正圓形神珠，正閃閃發光！

　　祭祀長率領眾祭師及谷娃娜這一班學生，虔誠地跪趴在神珠前，口裡唸著迎接神珠的經文，久久不敢抬頭觀望！

　　就這樣，時間像被凝結在這一刻中，人們的虔誠就

從他們屏息靜氣地等待神珠的動靜中，可以看出端倪！

……

……

太陽神似乎感受到人們的虔誠，閃電與雷聲停歇了，雨勢也逐漸變小，幾至停止，大地迅速地回復原來的平靜，人們也一個個走向廣場。十數粒不再發光的神珠在祭祀長的手裡，他莊嚴地告誡即將立巫的谷娃娜眾姊妹們說：

「奉太陽神的命令，我將這些神珠發給妳們一人一顆，並命令妳們成爲部落的祭師。」

「謝謝大祭師！」眾姊妹們衷心感謝，同聲回答。

「妳們今後的工作是，在麥塞塞基浪（族語：酋長）及我的領導下，爲全部落的人民服務！」

「是！拉馬扔（族語：長官）。」

「大家回家以後，先了解每個住家人員的需求，再依照妳們在這裡受訓期間所學到的方法，去做巴利西（族語：法事）。」祭祀長諄諄教誨說：「比如說，家裡成員有人懷孕時，妳們必須依照師長告訴妳們的方法去照顧她，每天向剌麻斯啊達阿達烏（族語：太陽神）祭告，請求祂賜予一個健康又聰明的孩子！」

「喔咿（族語：是！），拉馬扔！」

就這樣，這一群部落的新巫師們，在結束了短暫但

嚴格的訓練後，分別回到溫暖的家，展開了新的巫師人生！

　　其實，在排灣族古老的傳統裡，並不是你想要成為人人敬畏的巫師就可以的！如果你要成巫，必須做到下列幾件事：

　　第一，必須先成為老巫師的徒弟。

　　第二，必須認真地學習巫術。

　　第三，要舉行巫師封立儀式。

　　谷娃娜在通過上面三種資格以前，她已符合排灣族人立巫的基本條件。茲就拉立巴部落大酋長都納‧巴伐伐龍指出，族人傳統習巫者的基本條件如下：

第一、原則上是家中長女

　　這是起源於排灣族人長嗣繼承的社會制度所致，因為家中排行老大者必須繼承家業。當她成為巫師後，才能繼續關懷家中其他成員。若非長女，就算資質聰穎、口才流利或善於言詞辯論、精熟經語及各種儀式過程，皆不能被封立為巫師。

第二、家族中必曾有祖先是巫師

　　早期部落的巫師非常普及。傳統上，每一家族一定會集家族之力，封立一位家族專屬的巫師，負責家族每一位成員人生中各階段的一切生命禮儀，並配合頭目專屬巫師，辦理部落裡的各項祭儀。

第三、必須隔代傳承或近親相傳

　　傳統族人巫師採隔代師承或姑姪、姨甥相傳；也就是母親非巫者，並且切忌姊妹同時為巫師。早期巫師傳承採祖孫制是因為母親必須負起養家活口的責任。

第四、必為神靈（巫神）揀選者

　　受神的揀選，在所有從事與神相關工作者，不論哪一種宗教，似乎都是必要的條件。如果獲得巫神的揀選時，祂會托夢示意或賜予神珠（zaqu）做為徵兆。受揀選者，必須於七歲時拜師習巫，每天跟在師父身邊學習基礎經文（tjatjurhadan a rhada）、祭葉之擱置方式，及各種禮規及禁忌！

　　谷娃娜在習巫前，曾經在一次祭祀場合上，無緣無故地倒在地上抽搐發抖，口中喃喃地唸著巫術詞句……

　　祭祀長感應到，谷娃娜是受神靈揀選者！於是他取出隨身攜帶的卡奴必德（族語：巫師祭神時的道具包）

開始對她施法，懇請附在她身上的神靈趕快離開，他已知道天神的旨意！

果然，沒有多久，谷娃娜突然清醒，要族人給她一杯水，因為在神靈附身時，她賣力地抖動身體。這個時候，她需要水的滋潤，才能回復體能，重新回到部落……

Ah zall ah za low, la kenetedote newohe chiwas!
受神靈揀選者呀，謹奉上一杯水，請接納吧！

谷娃娜接過那一杯水後，仰頭一喝，馬上喝乾了杯中的開水！她說：

「好累呀！我剛才跟一個白頭髮的長輩，走了好長一段路！」

「可是，谷娃娜，你剛才並沒有離開我們呀！」

「不是，我剛才跟那一位老先生，在山區裡走，在他引領下，我才見到巫神，且祂愉快地賜給我這一顆神珠！」

谷娃娜說完，就從她的卡奴必德取出一顆閃閃發出微光的神珠，大家趨前一看！

「啊！好神奇呀！」

「果然是一顆真正的沙巫（族語：神珠）！」

「不知道是代表什麼？」

「……？」

「……？」

眾人你一言我一語地討論這個奇蹟，就是沒有人知道答案！

「馬立正！（族語：安靜！）」祭祀長為控制浮躁的場面，他高舉雙手，大聲地對村民解釋說：

「谷娃娜是受到巫神的揀選，才賜給她這顆神聖的好禮物！沙巫（神珠）！」

ah─lakinezagan nesachagawlls!

啊！巫神嘉卡拉烏斯的揀選者呀！

眾人在聽到祭祀長的解釋後，異口同聲地高呼讚美的口號，並同時雙手舉高過頭後朝前一拜，統統向神珠的方向膜拜！……

「轟隆！……」

「轟隆！……」

一道閃光強烈地射向大地後，發出令人震撼的爆炸聲，接著傾盆大雨灑下！

可是，沒有一個人躲雨，大家靜靜地守護那顆不再發亮的神珠。每一個人的心中都夾雜著驚奇、迷惘，默

默地站在大雨中，動也不動地沉思！

　　他們體會到，這一場大雨絕對不是偶然，它是巫神
嘉卡拉烏斯給他們的洗禮，更是谷娃娜這一批新巫師的
洗禮！所以，他們不躲雨，只靜默地站在雨中，感受巫
神的震撼力！

　　谷娃娜成爲受巫神揀選的巫師後，部落族人莫不以
欣羨的目光看著她！但生性謙卑的她，卻反而覺得身爲
新受封的祭師之責任重大，她將負起部落族人的所有祭
祀工作，當然，必在祭祀長的指導下！於是，谷娃娜在
長老的督促下，兢兢業業地行使她在部落中的各種祭祀
工作。

　　首先，她率領所有新任的巫師們，對部落家戶逐一
唸咒祈禱，驅逐家戶成員心中的魔障，使他們做一個快
樂無慮的好族人。

　　另外，她又行使驅魔的儀式，將附著在部落族人的
所有惡靈驅逐出去，使部落成爲一個快樂平安的好地
方！

　　第三、她又領導部落新巫師們，將部落所有的惡魔
以唸咒的方式驅趕出去，以證明她們這些日子以來所習

得的巫術，能眞正應用於日常生活，替所有族人造福！

其實，早期異族文化入侵部落以前，排灣族人的巫術就已鼎盛，部落族人習巫者甚多。巫術是族人生活的一部分，人生的每一個階段皆由巫師引導扶持。不過，身處荷、西、明、清及至國民政府的強勢文化入侵以後，頭目部落組織制度逐漸鬆動，傳統祭儀文化及巫術傳承亦隨之式微了。後來，外國宗教（以基督教爲甚）傳來以後，因其強勢排擠排灣族傳統祭儀文化及巫術，致使巫術快速式微，讓自古傳承的優良祭祀變歷史名詞了！

谷娃娜經神靈揀選並符合以上條件後，由父母帶領拜師並談妥條件（masasoju），自此谷娃娜就不再屬於原生家庭，必須離家與師父共同生活，學習期間不可交男朋友，也不可中途更換師父。否則，將被視爲違約。她與師父一對一的學習方式，使谷娃娜進步神速！師父看在眼裡，暗自慶幸她收到了一個資質不錯的學生，就更加賣力地施教！

很快地，她們進入了第二階段的學程（semucirhng tua kaee），由於古老經文十分艱深難懂，又無文字可

供學習，所以所有基礎經文，必須由師父逐字逐句口授。因此，學生如無神助，實難竟其功！因此，谷娃娜在學習過程中，師父必須執行驅除學習語言障礙儀式，祈求天神及巫神幫助她驅除學習障礙，才能口說順暢！

若干天後，她們進步到必須學習的「基礎經文練習曲（tja tju radan te moru tua zazain zan nwa）」。

基礎經文有九段，第一階段的經文艱澀難懂，學起來非常枯燥乏味，因此，師父為提高谷娃娜的學習興趣，就直接從旋律優美的練習曲開始傳授第一段經文，果然谷娃娜的學習效果驚人，師父也暗自慶幸傳授成功！

很快地，她們進入了宣告儀式（kifa teng teng），其意為：向原生家族長輩們，宣告習巫之決心。

當谷娃娜學會了宣示儀式後，她必吟誦第一階段（i sazazatj），師父及父母會依照她的意願及學習狀況，舉行宣告儀式。谷娃娜在師父及父母的陪同下，鄭重地向祖靈、巫神、創始者，以及天神宣告將獻身於巫師事工，從師學習，絕無二心！

接著，谷娃娜及眾姊妹們就進入了基礎經文的學程（temuro tua tjatjuurhadan a rhada）：

基礎經文在大竹高溪排灣族部落裡，相傳共有九

段，依序為：1.i sazazath 2.ti jatjume 3.ti sa jemectje 4.i pedi tzarha 5.ti arahan noa paqayam 6.tza hatjarhan 7.ti satjagarawees 8.ti kacocedas 9.patje kauljadan!

　　師父依序口傳給谷娃娜等眾學徒們，這種教學方法與現代的進步方法完全不一樣。白天時候，學徒們必須隨師父下田做工，到了夜晚吃過飯後，師父才會依序口傳給學徒一至四句經文，之後再依學徒的學習狀況，調整進度，是故九段後又要花上半年以上的時間誦唸，谷娃娜她們才能精熟背誦！

　　谷娃娜歷經上述經文的磨練後，還得學習祈福經文（temurhu taa cacunan），它共有六段，除基礎經文的第五段（tjarhan naa paqayaqayam）及第六段（tjarhatjarhan）之外，其餘各段落之起始經文與基礎經文都相對應。因此，當谷娃娜她們這些新手們熟記基礎經文後，對祈福經文之學習已感容易許多了。

　　終於，谷娃娜眾姊妹們盼望的這一天來臨了！

　　Kiringtjelj 這個迷人的名稱，是族語封立巫師儀式的意思。她們在經過一段學習歷程後，師父認為她們學程已達到可以封立的程度，而且神珠（Sini kiqayau a

zaqo）仍完好無缺時，她們就開始做封立儀式的各項準備事宜。當然，這些日子以來，她們辛苦地背誦各種祭祀經文，終於要被封立為巫師，心裡自然十分愉悅了！

有老巫師說：當巫神來臨時，必會伴隨巨大的雷電，天上發出一道道巨光及震耳欲聾的爆炸聲，全部落的巫師必須聚集在巫神會堂前，恭敬地迎接巫神來臨！但是，如果遇到地震時，就表示巫神不高興，則須取消準巫師資格，永不立巫！因此，要成為排灣族人的巫師，天時、地利與人和是必要的條件！

封立巫師絕對是一件重大的儀式！因此，當天空雷電交作，電光在天際交叉閃爍時，祭祀長立即體會到，巫神將乘閃電來到部落，封立儀式正式運作了。

祭祀長先依傳統方法做了以下的程序：

1、**召開家族會議**：封立巫師在排灣族人的社群中，它是屬於家族的重大事件，每一家族必須封立一位專屬的巫師，來承做家族中每位成員自出生至死亡的一切生命禮儀，並協助部落辦理歲時祭儀！因此，要集中全家力量，辦一場盛大的封立儀式。在封立前由原家老大召開家族會議，研討儀式中各項工作的分配，以利儀式順利進行。

2、**儀式器物的準備**：排灣族人的祭儀非常繁複，相對的儀式器物也相當多樣！他們必須事先準備日常生活中的一些材料，像豬、酒、芒蔴、葫蘆等物，而這些物資則必先長期預備，如養豬、種植芒蔴、葫蘆等預備動作。

3、**封立時程及內容**：傳統封立儀式頗多繁文縟節，整個儀式共歷時三天兩夜；茲就所知略述於下。

第一天，邀請（jemawole）：當天早上，由原家長老負責就受封者父母雙方親戚、部落巫師及族人，挨家挨戶邀請部落族人共襄盛舉，分享喜悅與福氣。

第二天，至神水池取水（se maqagomo a kizalow）：凌晨約兩、三點天未亮時，師父命學徒攜帶葫蘆瓢及竹筒，摸黑獨自到陰森的神水池取水。其用意在試探並鍛鍊其膽識，因為巫師在部落中，要負責族人生命中的重大事件處理，諸如與神明協商為族人改運、延命或辦理身首異處，在外死亡的族人。如非膽識過人，她如何擔得起這重大責任？所以，巫師長安排這一過程的磨練及試煉，其意涵在此。

第三天，祭告祖靈：祖靈之祭告方式，因學徒身分不同而有不同的做法。比如頭目階級的人，除了由頭目或祭祀長向祖靈獻祭以外，還必須向發祥地

（Vinqachan）、部落祭壇（qinatjan）祭告；而一般平民僅須向祖靈祭壇祭告即可。

第四天，取牲禮祭品（**kifarhisian**）：

a、豬仔驅邪除穢（pacevung tua lili）：由師父用祭葉、豬骨、聖水及酒茶，執行豬仔驅邪潔淨儀式。

b、請罪謝恩（kisufasarhiya）：此儀式起源於古老原住民社群仍處於獵捕野生動物謀生，尚未進化到豢養動物的生活方式時。族人認為所有在獵場取得的野生動物，是由守護獵場之神（tjakawakuljliug）所豢養掌管。

c、殺豬取獻祭品（kifalisian）：由牲禮官（wurhusu）負責殺豬，按照傳統習俗，依序割取獻祭牲體（kiparhisian）、牲體官酬禮、巫師酬禮及頭目稅（kinadis）。

d、備祭品（neuiyaq）：

1、排祭葉：在祭盤中央放上五片一疊的祭葉，上撒碎豬骨的採用葉，將獻祭牲禮品放在上面，再於牲體品四周排滿二片一疊之普通祭葉備用。

2、巫術箱（kanopitje）、小米酒（vinawa a vaqa）、竹杯（vatjukun）、水（zaljum）。

3、 為家族成員祈福（parhisi tua kina cewekdjan）：由巫師持祭品，到學徒原家的祭壇（qamaqn），執行驅邪及加持儀式，祈求祖靈庇佑。

4、 為師父加持祈禱（seman rhuqew taa purhingau）：敦請其他巫師爲當日主持封立儀式的師父驅邪及加持，祈求巫神及祖靈賜福。

5、 為受封立者加持祈禱（semanrhuqen tua rikiniuingljele）：主持封立的師父爲受封學徒驅除邪氣並給予加持，祈求巫神與祖靈，賜福以使封立儀式順利進行。

6、 儀式器物之驅邪及潔淨儀式（pasalot tua newaga）：爲表達對祖靈的敬重，凡是與祭獻有關之人員、事、物，必須在儀式進行中執行潔淨儀式。

7、 架設迎接神珠的橋梁（seman chakolan）：這是排灣族人封立巫師的特殊做法。爲防止火災發生，必定要選在原家茅屋的主柱前，用兩根茅草相連，做爲神珠降落的管道。它其中一根茅草穿越屋頂向上迎神珠，另一根茅草則向下接神珠。

8、 搭帳棚（temalau）：頭目及貴族封立巫師的方式各有不同，因此，每一個部落的做法也有所差異。

9、 淨身跨越儀式（pakakiculie）：此儀式的象徵意義，在使受封者獲得淨身，如逢雷雨大作時，則表示巫神不准這個徒弟做巫師，一切祭儀全部中止！

10、恭請巫神降臨賜神珠（jemacull towa laulaua ka towa zawu）：師父吟誦請巫神降臨的經文（ling gasan nowa laualaua），巫神降臨後附身入神，師父便開始請求賜神珠，而後神珠乃神奇地從茅草所搭建的橋梁滾入布袋內。

11、俯身謙卑領受（klaloko wan）：由學徒將巫神所賜神珠用白布包裹並緊抱懷中，單手匍匐繞行竹籃疊起的象徵性柱子五圈，然後昏厥入神，……

　　接著，請求恕罪（kesopasalio），在完成「kipalaliug」與「kisan uqaljaqalial」儀式後，封立儀式才算完成！谷娃娜與同輩姊妹們總算通過了繁複又嚴苛的立巫程序，成為人人羨慕的巫師了！

| 第三章 |

　　谷娃娜這一批經過了<u>巫神揀選</u>的年輕女孩子們，在祭祀長辛苦的教導下，終於完成了排灣族人巫師的訓練；她們也從少不更事的少女，蛻變爲更圓滑的大人了！

　　她們在這不算短的訓練中，深深地體會到巫神的偉大，與祂無遠弗屆的法力！難怪祂那麼深受族人所信仰了。而剛剛升任巫師職位的谷娃娜，更體認到即將擔任部落祭師的責任重大！

　　「谷娃娜，麥塞塞基浪傳妳去！」

　　非常突兀地，這天早上祭祀長突然現身谷娃娜的住處，且嚴肅地告訴她，酋長召見！祭祀長親自蒞臨住屋並傳酋長的命令，足見事情非常嚴重！

　　「喔咿，麻沙洛，卡瑪！」谷娃娜緊張地回答：「是！謝謝長輩！」

　　排灣族的風俗裡，卡瑪代表父親、長者的尊稱；同樣的，「伊娜」指的除了是母親以外，舉凡年長的婦女，一律尊稱她們叫伊娜，這是族人的習慣用語，意義非常重大！

　　谷娃娜銜著祭祀長的命令，迅速地奔向酋長的屋宇而去！

　　「麥塞塞基浪，您找我嗎？」

　　谷娃娜一進入酋長的堂屋，便恭敬而謹慎地問候正

在堂屋客廳裡坐著抽菸的酋長。

「妳坐下，慢慢談。」

酋長一見她緊張的樣子，便親切地指著他前面的木椅說。

「麻沙洛，麥塞塞基浪！」（酋長，謝謝！）

「妳即將成爲部落的祭師，有什麼感覺？」酋長待谷娃娜坐定後，問她。

「我會虛心地學習所有的儀式，並且做好它！」

谷娃娜一臉虔誠地告訴酋長她的想法與做法，並且請教酋長一些她不知道的細節。

酋長面對非常誠意的回答，感動地說：

「妳的問題很好，非常具有建設性。」酋長深深吸了一口氣說；「今後只要努力學習就好，有什麼問題時，妳可以隨時問我或其他幹部！」

「非常感謝麥塞塞基浪！我定當努力學習，成爲一個人人尊敬的部落祭師！」

「很好，認眞的學習會讓妳知道我們信仰的巫神有多麼偉大！」

「喔咿，麻沙洛！」谷娃娜說，是的，謝謝你！

就這樣，他們結束了討論，谷娃娜退出酋長的屋宇，回到住處。谷娃娜的父親卡必，關心她與頭目的會談，遂問她這次見面的事情。

　「沒什麼要緊的事啦。」谷娃娜不想父親誤解，輕鬆地告訴她父親說：「麥塞塞基浪擔心我在部落工作的時候會出錯，就要我繼續努力，做好這份工作而已。」

　「那就好，那就好！」卡必終於放下心中那塊石頭，開心地說！

　然而，祭師工作的繁重絕非一般人所能擔待得起的！她們必須時時刻刻地關心部落的每一個人，且她們又必須能忍耐生活、感情與體力的磨練！

　一個盡責的祭師，在部落裡必須以身作則操持家務事，然後，才能挪出一丁點的時間做祭師該做的事！谷娃娜果然是一個誠心誠意要當祭師者，她每天日出而作，日落而息之餘，忍著白天工作後的勞累，賣力地巡訪部落裡，凡是有病痛及出意外的人們。

　當她遇到有病痛的部落民眾時，谷娃娜會拿出祭祀用的「卡奴必德」小包包，取出法刀和獸骨，口裡唸唸有詞地祭拜太陽神或巫神，請神明把附在病人身上的惡靈利用法力把它們趕出去！

　說也奇怪，這些被谷娃娜驅魔過的病人，隔沒幾天，很快就痊癒了。

　這些神蹟也很快地傳遍了大武山下所有的原住民部落，人們好奇地翻山越嶺來看她，谷娃娜則表現出大祭師的風範，耐心地接待他們，熱情地告訴來訪的客人，

說：

「其實剌麻斯（族語：神）是可以商量的。有時候，我們要告訴剌麻斯，我們不小心才會觸犯了神明的規矩，我是不敢違背神明旨意的！」

「那為什麼我們殺了很多法費（族語：山豬），我們的病人依舊好不了呢？」

「這……可能是你們的誠意不夠虔誠，剌麻斯才會不接受你們的道歉吧。」

「麻沙洛！」（族語：謝謝！）

好奇的族人得到了他們的答案後，很快地回到自己的部落，重新評估自己的部落有哪些對神明不尊敬的地方，馬上改正。

這些看似平凡的事蹟，其實是神明在冥冥中，默默地幫助這名敬神又愛神的少女祭師，而谷娃娜也自覺忽然間得道不少；因此，她對於來訪求道的族人更加詳細說明，就自己所能告訴她們的逐一敘述！漸漸地，她的信眾愈來愈多，幾乎整個大武山下的排灣族祭師都來朝拜，樂得家人與部落族人個個以谷娃娜為榮！

谷娃娜有時會暫別部落與家人，帶著法器與隨行保護她安全的壯碩青年，遠赴大武山下其他部落，宣揚太陽神及巫神的仁民愛物精神。她告訴族人，信仰巫神是代表信靠太陽神，這是一件值得追求的好事，不要誤信

謊言，應眞心誠意地信靠太陽神！

　　但是，正當谷娃娜的聲望如日中天地照亮大武山下的所有部落時，有一些不認同她言行的巫師們，也起來反駁她的言行。她們懷疑一個出道不久的少女，怎麼可能知道得比她們還多？這些老祭師們信誓旦旦地宣揚，谷娃娜不是受到太陽神或巫神的降福，她只是比較聰明，能曲解神祇旨意的人而已！

　　不過族人大眾豈會接受這些老祭師的曲解與謠言？大多數族人還是認爲谷娃娜是一名非常出眾的巫師，他們對谷娃娜的信任已到堅貞不移的地步！

　　當然，不久後的某一天，這些謠言也止於智者，全體族人完全信靠他們的谷娃娜祭師了！

　　谷娃娜放下隨行的包包後，也解下掛在腰際多日的「卡奴必德」（族語：執行巫術的道具包包），她跟父母只說了一句：「卡瑪，伊娜（族語：父親及母親），我回來了！」就累得癱在床上，久久不能言語。母親不捨地悄悄走過去，將被單蓋在女兒的身上後，就拿一張小椅子，在距床沿不遠的地方坐下，兩眼直直地望著女兒，雙手不斷地搓揉。她不安地思索，要如何幫助這個

被巫神附身，又是平凡的少女？谷娃娜是她懷胎十月所生的女兒，如今，變成了巫神的女兒，也是所有排灣族人信靠的巫師。她心裡非常複雜：愛她？她已是全民的巫師，不是屬於自己的女兒，放棄她嗎？怎麼也放心不下。這十多年來，她懷她、生她，又看著她慢慢成長，多麼不容易呀！

有時候，她會自私地想：谷娃娜是我的孩子，沒有理由全部交給巫神呀！我真後悔讓她去學習巫術，害得現在她必須翻山越嶺地轉述巫神的旨意，讓她跟她的卡瑪（父親）每天為她的安全而擔心著……

但是，想歸想，她還是虔誠地信靠族人的巫神以及太陽神！如果沒有了這些神明，族人又將如何過日子呢？時間就在她胡思亂想時悄悄走過，在不知不覺中，天已矇矇微亮，早起的公雞正起勁地報早安！

「Cmujamasoon!（族語：早安！）」谷娃娜起床後，對著正在打瞌睡的母親道早安。

「妳醒過來了？」母親以問代答地說。

「是啊！我睡得真香啊！」谷娃娜伸一伸懶腰，回答母親的問話。

「我就坐在妳床邊看著妳睡，不知不覺就睡著了！」

「伊娜，對不起，我害妳睡得不安穩！」

「沒關係，我看到妳睡得那麼深沉，就放心了。」

母親嘴裡說放心，心中可擔心得很呢！

「妳有沒有計畫今天要去什麼地方？」母親問她。

「目前沒有計畫，不過，附近的土娃巴勒部落已經邀請我好多次，不好意思再推拖。我想，休息個兩、三天就要去走走看！」

「是啊，人家那麼有誠意邀請，妳是應該去看看，他們需要什麼樣的巴利西（族語：請巫神驅逐災難）。」

「土娃巴勒部落靠山，他們需要在 elmalop（族語：狩獵）的時候，有 chimas nowa gado（族語：山神）的保護，所以需要我巴利西（族語：請神祝禱）以安定民心。」

「很好，妳就照計畫辦吧！」

「麻沙洛，伊娜！」谷娃娜由衷地感謝母親的鼓勵！

於是，谷娃娜依照計畫，一步一步地做出發前的巴利西以竟全功！

土娃巴勒部落距客芝林部落約需兩天的路程；沿途

　　要爬山涉水，斬荊砍樹，路，非常難走！不過，小小年紀的谷娃娜毫不畏苦，她爲了傳達巫神的命令、爲表現自己的勇氣與毅力，她克服了重重難關，好不容易在兩天後，抵達了目的地──土娃巴勒！

　　甫抵村口，一名佩刀的青年戰士攔住了她，問道：

　　「這位 vavayann（族語：姑娘），從哪裡來？要做什麼？」

　　「我叫谷娃娜，從客芝林部落來的。」谷娃娜不慌不忙，從容地回答。

　　「妳找誰，做什麼？」青年戰士追問她。

　　「我要見你們部落的巴拉卡萊（族語：祭祠長），他在嗎？」谷娃娜回答那名戰士。

　　「他在，我派人護送妳到巴拉卡萊的家！」

　　「麻沙洛。」谷娃娜說；那句族話是謝謝你的意思。

　　「加法加非！」青年回答她，不用客氣！

　　青年戰士說完，右手一揮，一名與戰士同樣裝扮的年輕戰士，迅速來到！

　　「你就帶這位客芝林部落的 vavayann，到巴拉卡萊的住屋休息！」

　　「喔咿！」年輕戰士回說：是！

　　於是，谷娃娜在年輕戰士的帶領下，很快地走到了

土坂部落的巴拉卡萊住處，經一番介紹後，青年戰士便退回去了。

「妳來這裡的目的是什麼？為什麼指定要見我？」

「我是客芝林部落的谷娃娜，奉了巫神的命令來做救贖的工作，凡是違反了巫神聖言的凡人，都應該受到懲罰！」谷娃娜振振有詞地說明來意。

「啊！原來是巫神派來的甫力高（族語：巫師），請坐。」巴拉卡萊以仰慕的心情招呼她，而後又對站在他背後的戰士說：「快拿一組檳榔獻客！」

「喔咿！」青年戰士應聲「是！」後，轉身到屋裡趕製兩組檳榔，一組給巴拉卡萊，另一組則恭敬地雙手獻給谷娃娜！

「麻沙洛！」谷娃娜接過檳榔後，對那位青年戰士表示感謝。

……

就這樣，賓主盡歡地交換意見，谷娃娜更成功地傳達了巫神的旨意，圓滿地完成了這趟土娃巴勒之行！

3

在谷娃娜來到土娃巴勒部落以後，部落酋長深受感動與震撼；他百思不解的是，一個才十五、六歲年紀的

姑娘，正是玩樂不羈的時候，可是谷娃娜卻表現得如同大祭師一樣地莊重與沉穩，實在令人佩服！

怎麼會有這麼穩重與智慧的少女呢？已經年過六十的土娃巴勒頭目，想了一整晚，還是不了解這位出眾的客芝林部落女孩！不過，想歸想，他必須面對現實，把奇異女孩谷娃娜留下來的許多瑣事，也要一一克服及辦完才好。於是，他召集了部落所有的祭師，討論什麼時候下溪捕魚及上山狩獵，以祭祀他們信靠的巫神及太陽神！

「麥塞塞基浪（族語：酋長），那個客芝林來的女孩年紀那麼小，我反對她的建議！」

「是啊！真正的甫力高（族語：巫師）都是年長的婦女，而她……我還是覺得年紀太小，不可信！」

部落祭司你一言我一語地紛紛表示反對，這種情形，在巫神治理的年代絕少發生。不過，這些聲音動不了酋長對谷娃娜祭師的信仰，他告訴那些反對的巫師說：

「不錯，谷娃娜看起來年紀很小；不過，她奉了巫神的命令前來宣達，她的那些言行都代表神意，我們不能褻瀆了神旨！」

「是！麥塞塞基浪！」眾巫師信服地齊聲應答。

「好！很好！」酋長對被說服的祭師們說：「你們

回去以後，馬上準備明天捕魚前的祭祀用品。我會指揮部落青年全體動員，做好下溪捕魚的工作。」

「是，麥塞塞基浪！」眾巫師們信服於酋長的睿智，迅速地退下，準備次日捕魚前的祭祀動作！

次日，天才矇矇亮的時候，眾祭師們已聚集在祭台前，靜候酋長出現⋯⋯

「大家都到齊了嗎？」酋長適時現身，問他身邊的祭師。

「都到齊了！」祭師恭謹地回應酋長。

「那就開始吧！」酋長說完，拿起巫術箱，用竹杯盛滿小米酒後，高舉雙手，開始祭祀：（以下祭文直譯）

> 我們尊敬的太陽神以及保護吾族吾民的巫神在上，
> 爲了照護吾族吾民的生活起見，我們祈求神明准予
> 開放巴納（即大竹高溪）的魚蝦，讓我們食用！

眾巫師們也一樣複誦酋長的祭詞！他們複誦時的音量，彷如蜜蜂聚集在蜂窩時所發出的嗡嗡聲一樣，聲音很低，不過，卻非常有力！

祭神儀式結束後，巴拉卡萊（族語：行政長官）立即召集部落青年，將任務分成（一）材料組，（二）開

挖組，（三）撿魚組。然後，各組再細分任務如下：

材料組分為砍伐、運送兩小組；這一小組必須由年輕力壯者擔任，才符合迅速安全的條件。而開挖組人員，就挑選力氣大的來擔任。另外，撿魚組的工作不只要撿魚，也要撿拾溪床上所有可以食用的螃蟹、小蝦等等東西，這一組多由婦女來做。

甫力高（族語：祭師）從早上起床後，就分別到祖靈屋、太陽神祭台及巫神祭台唸咒，祝禱今年漁穫豐收，人員平安……

天亮後，各組人員依照事前酋長的任務分配，大家不約而同地分批展開作業。材料組在開挖組開工以前，已經適時地送來阻擋水流的野生芋大葉；開挖組接過材料後，將寬大的芋頭葉放在水流中間的石牆前，有效地阻擋了大量的溪水，讓它們從新開挖的另一條河流出去，而原來有水流過的水道便迅速地乾枯，失去溪水保護的魚兒及小蝦們，就在大石頭後面的一點點積水裡活蹦亂跳；螃蟹則躲進了石頭下面，不安地吐出白色的泡沫，以為泡沫已掩蓋了牠的身軀，哪裡知道，人類還是可以清楚地發現螃蟹，並撿拾到魚簍裡去！

大竹高溪是由大武山下十幾條小溪匯集而成的，它到了中游的土娃巴勒就已成壯闊的大溪流。因此，即使沿溪流築屋居住的原住民們，再怎麼捕、抓溪裡的魚

蝦，只要大竹高溪不枯竭，排灣族人永遠不患沒有魚蝦可抓！

　　谷娃娜擠在村口眾姊妹們的祭祀活動中，非常活躍！她帶領年輕的祭師們，在祭祀現場誦唸各種經文，使主持這場儀式的大酋長以及巴拉卡萊等部落幹部們，才發現了這位巫神點名的小祭師，人長得不但漂亮，對祭祀的所有經文也非常熟悉，彷如一名久歷神職的大祭師！

　　部落南方隔一條溪的山坡上，白色的蘆葦花開遍了山區，太平洋沿岸也捲起了層層浪花……敏感的族人奔相走告：「秋天來了，該準備過多的糧食！」

　　於是，舂小米的聲浪此起彼落，年輕人從山區工地上扛回一捆捆的柴火，先堆置在酋長廣場邊，待部落族人集合舉辦營火會的時候使用；然後，才一個個地放在自家的柴火架上，等裝滿後，任務才算完成！

　　「巴拉卡萊（族語：行政長官），有一些非本部落的人在巴納溪捕魚！」

　　族人發現有外人入侵他們的溪流，緊張地告訴巴拉卡萊，這是族人對緊急狀況處理的原則；巴拉卡萊直接

對酋長負責，因此，當非常事故發生時，族人就向他報告。經他老練而精細的判斷後，才會決定是由他出面處理，還是稟告酋長處置！否則，如果每一件大大小小的事都需要勞煩酋長的話，那樣會累垮了酋長……

「你叫拉馬扔（族語：巴拉庫灣戰鬥群的老大）馬上見我！」巴拉卡萊對守候門外的戰士說。

「是！」

青年戰士二話不說，只應聲是，就像一陣風一樣，立刻衝出去叫人！

「巴拉卡萊，您叫我？」

拉馬扔迅速地趕來，劈頭就這樣問他的長官。

「有族人發現，巴納溪遭不明人士捕捉魚蝦。你帶人去了解一下，回來向我報告！」

「是！」

巴納溪就在部落南邊，靠近那座大山後潺潺地流向太平洋！這條溪流並不很大，但是，它吸取了上游十幾條小溪的小魚、小蝦，當它流經客芝林後，它已不是想像中的小小溪了！它豐沛的流水涵養了許多可供族人食用的小魚、小蝦，因此，千百年來，族人一直視它如母親般的依靠，從沒有遭到外人的入侵或破壞！

「巴拉卡萊，那些人自稱來自巴乍法勒。」

不久後，拉馬扔帶著沒收自偷漁者的一簍漁穫，恭

敬地向巴拉卡萊稟告。

「那人呢？」

「他們一發現我們走近的時候，就把這些魚蝦丟在現場，跑掉了！」

「這樣也好，」巴拉卡萊欣慰地說：「他們知道做錯事跑掉就算了。」

「巴拉卡萊，他們還來不來呢？」

「他們如果懂事的話，保證不會再來抓魚；不過，」巴拉卡萊分析狀況：「我們也不可以太大意，大家三不五時地巡邏是必要的。」

「巴拉卡萊果然明智，佩服，佩服！」

「下去吧，把這些魚就發給那些比較窮苦的人。」

「是，照辦！」

……

這件捕魚風波就這樣圓滿結束了！

| 第四章 |

①

當鳥的啁啾從溪谷、小樹林及初綻的茅草中傳來的時候，便是告訴人們：春姑娘的腳步近了！

清晨天沒亮的時候，部落的狗兒們開始發出狺狺的狗吠聲；早起的族人扛起竹筒（將粗大竹子中間的竹節打通，只留最下面一層的竹節；係排灣族人過去還沒有水桶可用時期，家家戶戶必備的汲水工具），匆匆地往部落附近的水源汲水備用。

谷娃娜並不因已是尊貴的部落祭師而自覺身分獨特，她也是跟在族人後面，扛起竹筒往水源地汲水……

「早安，谷娃娜！」

「早安！」

谷娃娜禮貌性地回應跟她打招呼的族人；她就是這樣地謙虛可愛，所以，深得族人的喜愛與尊敬！

「今天是不是輪到我家巴利西（族語：祭祀）？」

「沒錯！」谷娃娜選一處較平坦的路邊停住，專注地與族人說話：「你們今年的園地在什麼地方？」

「就在部落上去一點而已。」

「啊！我知道了。」

谷娃娜如此回答，而她腦海裡立刻呈現那一塊在部落上方的園地。面積不大，卻是一塊好地方；過去幾年

間，在另一個家族耕作的時候，幾乎年年豐收。後來，才依據族人的風俗轉移耕作權，今年就輪到她們種植小米！這是族人過去數百年來所實施的「輪耕制度」。也就是說，這一塊土地，每一個族人都有權利使用；但頂多只能用三年，不計收成的好壞，耕地是全部落族人輪作。

谷娃娜在習巫時期，師父就已經告訴她們這種部落優良的傳統。因為每年春耕的時候，巫師們要分清楚，這一區的族人已使用第幾年，還剩多少年就要換人耕作也一定要搞清楚！這是很重要的族規，不可有一丁點的錯失。

客芝林部落的春祭已經熱烈地展開了！因此，谷娃娜這一批新巫師開始忙碌地祭祀全部落族人的園地……

「今天有什麼心得？」

傍晚時，當谷娃娜拖著疲憊的身軀回家後，母親問她。

「忙，就是忙！」

「孩子，工作要緊；不過，身體健康更重要。」母親溫婉地告訴孩子。她非常心疼孩子整日在山區裡祭祀各種精靈，只因為她是部落的祭師……

事實上，當她決定讓谷娃娜從事祭師工作的時候，心理上已經有了準備。只不過，看到孩子這麼辛苦地替

族人服務，她所得到的只有成熟小米約二十把而已。不算少，也不算多，在那個以物易物的年代，算是公平的。

②

「小心！」

谷娃娜正專心地趕路時，突然聽到警告，嚇得連忙四處張望並快閃到路邊站好！然後，她看到警告她的男人，手持一根棍子，使勁地打在龜殼花毒蛇的頭部，那條蛇來不及躲開，就被年輕人打死了……

「啊！好險！」

谷娃娜嚇得連道謝都忘了說，緊摀住胸部，站在蛇屍附近驚魂不定。

「還好，妳沒事吧？」

那名青年以問代答，關心地說。

「麻沙洛！」（族語：謝謝！）

谷娃娜非常誠懇地謝謝那名青年，要不然，在她想著心事走路時，一定會踩到那條在樹蔭底下乘涼的龜殼花！

「這沒什麼，讓妳驚嚇了吧？」他關心地問她。

「還好！」

谷娃娜這才看清楚救她的那個人：個子高大，手臂很粗，正輕輕地甩動那根打死毒蛇的小棍子。人長得不錯，她好像在哪裡看過他，卻是印象不深。……

「啊，我想起來了。」少女忽然興奮地告訴他：「你就是住在『加澗（族語：水源）』附近的孩子吧！」

「麻沙洛，我是嘉淖，沒錯。」

「嘉淖大哥，今天真的謝謝你。不然，被牠咬到的話，真不堪設想了！」她由衷地謝謝那名年輕人。

「這不過是一件小事，妳別介意。」年輕人謙虛地說。

「有空來我家坐坐。」谷娃娜熱情邀約。

「一定的。」嘉淖這樣回答她的誠意！

就這樣，這一對年輕人在龜殼花毒蛇的媒介下，重新確認對方的形貌與語調，彼此留下了非常深刻的印象！

第二天，嘉淖依據排灣族人的風俗習慣，帶著鋒利的工作刀和一捆長短適中的繩，到他平時砍草的山坡附近的相思樹林中，賣力地採集比較漂亮的枯木，再集中在地勢平坦的地方捆成一個可以扛回家的模樣。接著，他辛勤愉快地扛回部落，直接送到谷娃娜放置木柴的木架上！

　　然後，他又走回山坡地，重新再捆第二趟、第三趟……一直到谷娃娜的木柴架裝滿了，他才滿意地帶著笑容走回家！

　　不只谷娃娜的父母看到了，連他們的左右鄰居也看到了嘉淖的努力，每一個人心裡都明白，嘉淖這小子正向谷娃娜示意要追她做女朋友。這種示愛的方式自古以來就已形成，不知道是哪一個人開始的，也不知道會延續到什麼時候，簡單、明確，絲毫不拖泥帶水，乾淨又俐落！

　　嘉淖這種排灣族式的求愛方法，不久就打動了谷娃娜的心。她偷偷地瞄他英俊的外表以及虛心進取的表現，開始喜歡上他了！

　　不過，在那個保守而封閉的年代裡，她只能悄悄地愛他而不可以大方地表示出來。否則的話，不但對方的父母親人都會笑她沒有深度，更會遭到族人的譏笑，難以做人！因此，愛他，只能偷偷地表示！

　　雖然如此，谷娃娜每次打外村的部落行巫回來時，那種思念就緊緊地扣住她少女的心，不能自已！她很想再見他一面，哪怕只是匆匆的一面！只是，大家都在忙自己或部落的事。

　　年輕人的父親是職司本部落祭祀事宜的「巴拉卡萊」，依族規，年輕的嘉淖也要每天跟隨父親從事部落

祭祀方面的工作，他一刻都不得閒！因此，兩個年輕人雖然想好好地見面，表示自己對對方的思念及仰慕之情，卻是非常不容易。

嘉淖對他心儀的少女也有說不完的話，可是，工作加上學習巫術的事，排滿了他每天的行程！

③

時間就在他們想見面又不能見面的尷尬中，迅速地過去，這更增添了他們想見面談話的欲念！

「谷娃娜，麻里卡騷就要開始了。」這天早上，母親對女兒說：「妳好好準備，不要失禮了。」

麻里卡騷是排灣族人一種別出心裁的節日。打從有了排灣這個民族以後，族人在嚴苛的族規外，乃設計了能使年輕族人有向對方表達愛意的方式。在麻里卡騷中，有情男孩或女子，就有機會利用歌唱的方式表達愛情。被點名的那一方，也有機會表示同意或婉拒，於是，全部落的未婚男女就有機會爭取愛或被愛，自自然然、毫無虛假地公開每個人的追求對象，讓全部落的人能清楚地看到誰愛誰，誰拒絕了誰！在那種公開場合裡，男女青年並不在乎被拒絕，他們心裡都明白，愛情要順其自然，一點也不可以勉強！

「我知道了，伊娜（族語：母親）！」

「很好。」母親很欣慰，谷娃娜這個孩子長大了。雖然，孩子在父母的心中永遠是長不大的孩子。但是，當她看著谷娃娜一天一天地成長、懂事的時候，心裡那種安慰與滿足，任誰都無法了解與分享！

「卡俄甫──阿甫拉里生！」（族語：集合，青少年男女們！）

巴拉庫灣（排灣族人的防衛組織，也是訓練年輕族人對行事禮儀的巨大會館）外面立刻衝進了許多少年男女，靜候拉馬扨（巴拉庫灣的班長或隊長）的下一個命令！

「甫拉里生們注意，」拉馬扨威嚴地下達指令，少年們安靜地聽命著：「奉巴拉卡萊的命令，今年的麻里卡騷就從今天開始！在列的每一個人都是部落認可的甫拉里生。所以，都要參加麻里卡騷！」

「是！」少年男女同聲應答，那是服從也是興奮的回應！

「解散後，男的要到山區砍伐乾木，運到這個廣場。女的要回家換上自己認為最漂亮的衣服，然後回到廣場，展開麻里卡騷！」

於是，熱鬧而瘋狂的麻里卡騷開始運作了……

嘉淖在前些日子已經將心中偶像谷娃娜的儲柴所裝

滿柴火，因此，他只要象徵性地走一趟谷娃娜住屋，送一捆乾木柴，就可以表示追求的意思了。

「讓我幫你吧！」

嘉淖對他要好的朋友誠心說，載灣的身體因長期勞累顯得疲憊不堪。他非常感激嘉淖這種雪中送炭的好意，因此他說：

「麻沙洛，嘉淖！」（族語：謝謝你，嘉淖！）

好朋友不分彼此，快速地來回部落與相思樹林中，不一會兒，載灣女朋友的柴庫，也就是族人所說的「部卡西丸」，就裝滿了木柴。

麻里卡騷舞會果然精彩，少年男女們不分本部落或外部落的甫拉里生，個個換穿舞會的禮服，男的身穿短掛上衣配上短裙，腰際再繫上戰刀，人人都是英勇的戰士。女的則頭戴自編的鮮花環，上衣是緊身的短裝，而寬大的裙子有如張開的芋葉，非常好看！

「那──咿──路──灣──」

當月亮打從海平面昇起的時候，一道嘹亮的女聲響起！那悅耳的歌唱劃破了沉寂的夜空，在空曠的廣場上響徹雲霄，令人聽來非常振奮！

「那──咿──呀──那呀嘿──」

同樣高亢的男聲立即應答！

「嗨──喲──樣，喉──呀──嗨──樣──那
──吼咿有應──嗨樣──」

廣場上手牽手在跳傳統四步舞之年輕男女，立即應
聲，整齊地回應那一名起音的歌唱者！

「吼──一──應──」起音者又唱。

「吼──一──又──應──」和聲再起！

於是，那嘹亮又高亢的歌聲立即充斥在整個部落，
一直綿延到深山，到太平洋的上空了！

因此，正在舞動的年輕男女們，迅速地感受到，美
妙的麻里卡騷正式熱鬧地開唱了！

「巴沙索龍的巴萊泰呀，最勤勞！」

馬拉拉弗斯家族的少年布拉魯彥首先開唱，他那低
沉又富磁性的歌聲，讓正在跳舞行列中間的巴萊泰，聽
得非常感動！

「巴沙索龍的巴萊泰呀，最勤勞！」正在跳麻里卡
騷舞的年輕夥伴們，重複地跟唱布拉魯彥的情歌。

「馬拉拉弗斯的布拉魯彥呀，最認真！──」

「馬拉拉弗斯的布拉魯彥呀，最認真！──」夥伴
們不分男女，一同隨著巴萊泰的歌重唱一遍！

年輕的族人熱情地展開追求偶像的機會，一個個輪

流高唱情歌，頓時，客芝林部落浸沉在歡樂的氛圍裡！

於是，馬發流家族的少女法伊斯，立刻對上了多娃巴莉家族的少年狄沙卡；拉吉林的女孩慕尼，也跟著對上了拉里巴部落來的客人布尼翁；然後是馬發流家族的嘉淖，以更嘹亮的歌曲對上了麥多力都麗的少女谷娃娜……

歡樂的情歌圍繞客芝林部落，彷彿整個山林與溪水，已陷落在年輕人美妙的情歌裡！廣場四周正在欣賞少年男女跳舞的許多長者，也個個回憶到年輕時代，他們也曾經這樣唱情歌，跳麻里卡騷舞及認識另一半，再經風風雨雨的日子將孩子養大。如今，輪到年輕人重複族人的愛情生活，在不久的將來，當他們長到跟自己一樣年紀時，他們又將驚奇地看到下一代年輕人的求愛舞蹈，排灣族人就是這樣傳承這優美的愛情文化！

麻里卡騷的舞會繼續跳下去，直到東方出現魚肚白，與會的年輕人仍然舞興未盡，瘋狂地狂跳著！

跳，使年輕人的體力發揮得淋漓盡致！舞，更讓年輕人體認了人生的迷人！唱，令人認識了平時不被重視的愛情故事！

他們盡情地歌唱，使勁地跳舞，個個企圖在麻里卡騷的節日裡，找到理想的對象，也在瘋狂的舞蹈中，表現自己的唯一，以引得心目中的偶像更貼切地靠近身

邊！

麻里卡騷的祭典繼續進行中，幸運配對的年輕人，個個帶著喜悅的心情，摻雜著甜蜜、微酸與快樂的感覺，奮力地高聲歌唱；少女們則有些害羞，把頭兒壓得低低的，深怕被人捉弄或恥笑！

其實，他們多慮了，當人們瘋狂地舞蹈時，還有誰有心情去取笑少年男女呢？這個時候，誰都顧不得別人怎麼看的，每個人都在盡心地編織美麗又動人的情歌，以感動心儀已久的那個姑娘或少年！

於是，巴拉庫灣（族語：青年集會所）裡的年輕人，不分男女，在熊熊的燃燒火光中，盡情地歌舞，企圖在舞會中盼到心儀的對象。

舞動中的畫面，有如一扇會活動的彩色屏風，圍成一個圓圈，以逆時鐘的方向，踩著四步舞，盡情地歡聲歌唱！每一位少年男女們，都使出平日練就的情歌，向心目中的愛人傾吐，十分動人。

谷娃娜被歡樂的氣氛帶動，她也隨著同輩們繞著場中央熾烈的火堆歌唱。有時候在前面領頭的拉馬扔一時興起，便會隨著高亢曼妙的歌聲，高高跳起又輕輕地跳下，害得女性青年跟不上，紛紛離群退場……

「停！——」

一聲無情的停舞令，由青年會館的隊長喊出！舞會

不得不戛然而止了！

「解散後，依照你們在舞會中配對的順序，男的就去你選定的對象家中，幫忙挑水、採集木柴……」青年會所的隊長繼續下令：「女的就到男方家裡幫忙做家事，練習做一個媳婦的工作，解散！」

「喔呷，拉馬扔！」（族語：是，隊長！）

少年們異口同聲地回應！然後，他們迅速地分開，拖著疲憊的身體，走回家去！

布拉魯彥興奮地邊走邊回憶，他萬萬沒想到，美麗又溫柔的巴萊泰姑娘竟同意他的追求。於是，他滿腦子幻想著未來成家後，那種甜蜜的新生活！

巴萊泰在回家的路上，一路上與同伴馬發流家族的法伊斯，談論有關布拉魯彥的情歌與他家族的事，心裡竟是被愛後滿滿的甜蜜感！

本來嘛，排灣族人的先民們，為考慮族人嚴格的紀律與禮俗能予年輕人一段輕鬆交友的機會，乃設計了這一套「麻里卡騷」，使部落的年輕人在工作之餘，能有一個聚集唱歌與跳舞的場合。說起來，對於當初設計這個麻里卡騷的太上祖宗們，少年男女們，真的該感謝再感謝！

瘋狂又難忘的麻里卡騷的確滿足了少年男女對戀愛的渴望，當那悠美的旋律啓動他們年輕的心靈時，好像

整個世界都改變了！

巴沙索龍的少女巴萊泰的倩影，早已深深地打入馬拉拉弗斯家族少年，布拉魯彥的心中。而布拉魯彥的心裡開始變化，他將過去認識的諸多少女踢出他的心中！他滿腦子都是巴萊泰美麗的倩影，腦海裡也盡是巴萊泰的歌唱，……但是，他也覺得這是愛戀的歌唱，她在有意無意間告訴他，你很棒，是一個值得託付終身的好男人！

麥多力都麗家族的少女谷娃娜，她難逃命運的掌控，她在舞會中，欣賞了一個她認為很帥的男子，馬發流家族的嘉淖，他高壯英挺又會唱祭歌，是一個可以共築甜蜜家庭的好青年！

谷娃娜經歷了麻里卡騷刺激又吸引人的體驗後，他們這一批少年男女的身心也得到了滋潤，每一個人都感覺成熟了；滿腦子的幻想，想像自己是一個成年人，有機會在部落的各種祭典中表現自己優越的一面，進而可以引起異性的關注！

瘋狂的麻里卡騷終於劃下休止符，就此完美地停住了。

| 第五章 |

　　谷娃娜學巫的日子並不因她們長大而懈怠，她們在巫師的調教下，日子過得並不輕鬆。因爲當完成了一個學習階段時，就得回到部落跟巫師先進們實作巫術，看看她們所學的巫術是否與部落巫師的操作相同……

　　雖然每一位授巫的巫師教學方法不盡相同，但終極目標一致都是要教會這些學生。不過巫師爲了引起學生們習巫的興趣，常就以前發生過的故事，添油加醋地敘述故事情節，他說：

　　「妳們有誰聽過『瑪沙咖沙告』的故事？」

　　「……！」

　　「……！」

　　學生們個個睜大眼睛，妳看我，我看妳的，沒有一個人答得出來！

　　「還是我來告訴妳們吧！」解鈴還需繫鈴人，巫師解開了學生們心中的那個結：

　　「mazakazakaw 是我們祖宗們傳說的一種大鳥，沒有人看過；但這個故事卻非常神祕地傳頌到現在。」師父嚥了一口口水後，拿起竹製的長菸斗放入口中，再拿出口袋裡的石頭與鐵器；他右手拿鐵器，用力地打擊左手上的石頭，冒出的火花很快地點燃了菸草。於是，他一口一口地抽起來，一付怡然自得的樣子。

　　「這隻大鳥，據說牠力大無比！」巫師睜大雙眼，

盯住每一個學生們的眼睛，興奮地繼續敘述鳥的故事：
「據說，有一對兄妹一大早上山工作的時候，哥哥突然
想到忘了帶生火的傢伙，他就交代妹妹不要亂跑，乖乖
待在工寮等他回來！」

　　「maya mapo valon, kigalo!」妹妹說：別擔心，你
放心地走吧！

　　「no mayi tazowa, vaikagaqn!」那樣的話，我走
了！

　　於是，哥哥背起簡單的行李，匆匆地回到部落，拿
到遺忘的打火石及小鐵塊，三步併做二步，迅速地奔向
山上！雖然如此，當他剛下山後不久，天空突然烏雲
密布，傳說中的 mazakazakaw 隨著密密的烏雲展翅而
下，把被烏雲覆蓋的工寮帶走，此時妹妹恰好也在屋中
休息。當她警覺到危險時，已經來不及了，她正與茅屋
一起被巨鳥帶離地面，飛向不知名的地方！

　　從此以後，哥哥再也沒有找到被巨鳥 mazakazakaw
擄走的妹妹，他每天失魂落魄，在山區漫無目標地尋找
他失蹤多年的妹妹，但是，一切都是枉然！

　　這則被巨鳥擄走的故事，就這樣一直流傳到現在，
不過，再也沒有人看到那隻巨鳥了……

　　師父的故事就到此打住，谷娃娜這些初出茅蘆的孩
子們，終於明白為什麼烏雲籠罩山頂的時候，大人們總

是緊張兮兮，趕她們回家了！

Mazakazakaw 的故事，深深地震撼了谷娃娜這些學生們，原來烏雲密布的時候，可能有傳說中的巨鳥穿雲而下，帶走茅屋、水牛、豬羊以及人們，這多恐怖呀！

近代的排灣族人遠離大武山，在濱海的地方住下，是一個聰明的抉擇。人們學會了如何與大海相處，也懂得如何自大海中找到海魚及海草，學習做一個能適應大自然生態的聰明人！

然而，當族人陸陸續續地下山，建立一處處的排灣族部落後，他們才發現有其他族群占據了溪岸及海岸等有利地位。族人們更驚覺到：這個世界上，除了他們及其他不怎麼友善的族群以外，居然還有不同語言、不同膚色的族群也先他們占據了河岸及海邊……

以前，當族人需要生活上的鹽巴時，只需用竹筒運到海岸邊沙灘上，以最原始的「煮海取鹽」法，就可以得到足夠的鹽巴食用了。但是，自從這些陌生人占據了海口及沿海的溪流出口時，他們必須以肢體語言與這批新住民溝通，這是非常難了解對方的表達方式。不過，時間久了，彼此也能比手畫腳地溝通了。

　　這種最原始的溝通法就現代年輕人來說，非常愚笨。但是，如果不以肢體語言來表達的話，簡直雞同鴨講，溝通不了啦！因此，在那個年代的背景下，簡直不可以與現在一切都電腦化來做比較！

　　巴萊泰及妹妹發伊斯，頭頂著竹製的籃子，匆匆地邁向靠海而居的閩南人開的雜貨鋪，準備以自產的地瓜換取生活日用品……

　　巴沙索龍家族的巴萊泰，她剛剛度過第二十個檳榔開花的日子（族人以前計算人的年齡時，多以檳榔花一年開一次來計算），因此，她出落得更為漂亮。她的妹妹發伊斯也如初開的檳榔花一樣，健康、活潑地進入檳榔花開第十六次。她情竇初開的模樣，十分惹人愛憐！

　　她們匆匆地走過山頭後，又步涉溪水，好不容易才到達了閩南人陳老闆開的雜貨鋪。

　　「老闆，芙拉西（族語：地瓜）。」巴萊泰放下竹籃子，對著站在門口迎接她們的陳老闆說：「阿迪亞（族語：鹽巴）！」

　　陳老闆會意地點點頭，微笑地接下她頭頂的番薯，放進後面的儲藏室，轉身從木桶內淘出適量的海鹽，包好，交給站在背後的巴萊泰。

　　發伊斯在出門前，受到父親的叮嚀，要她買酒回來；閩南人賣的酒不像族人自釀的純小米酒，它比較

清，但酒氣很濃，喝了有一種嗆辣感，很容易就醉，因
而深受族人的喜愛！

「老闆，發哇（族語：酒）！」

發伊斯放下頭頂著的地瓜，很直接地表達她要交換
的東西。

「好的。」陳老闆依照往例，不囉嗦，回答後，接
下那一籃子地瓜，不秤重直接倒進儲物櫃，再將竹籃子
還給發伊斯。然後，他走到裝酒的水缸，拿起量酒的小
竹筒，左手再拿著裝酒的大竹筒，就著竹筒口，將發伊
斯要求的酒量倒進大竹筒裡！他交給發伊斯，坐下就
說：

「發伊斯，妳們部落養的宰南（族語：蜜蜂）不知
道什麼時候採收？」

「不知道，大概在飛亞勒（族語：蟬）開始唱歌
（初夏）的時候吧！」

「到時候，一定要留一些賣給我呀！」

「戈木浪亞根（族語：kemolangahqn，我知
道）。」

「jaajaie.（族語：再見）」陳老闆高興地向發伊斯
打招呼，再見。

「jaajaie!」

雙方得到了他們所需要的物資後，巴萊泰與發伊斯

各自帶著她們交換的鹽巴與米酒，慢慢地向回家的路上
邁進！

　　巴萊泰經歷了瘋狂又刺激的麻里卡騷後，整個人好
像換成另一個人。在她刻意的化妝下，她的模樣更為性
感，更為動人！

　　馬發流家族的少女法伊斯也不讓巴萊泰專美於前，
出落得如同大竹高溪岸邊，那一株株開在岩石上的百合
花，漂亮潔白，彷彿神話故事中的竹姑女神（排灣族神
話故事中，幾乎所有美豔的女主角都取名竹姑）一樣地
教人無法將兩眼從她美豔的身上移開！

　　每當夜色微暗的時候，多情的年輕男人，就帶著他
們自製的 viler-viler（排灣族人特殊的一種樂器，將一
片小鐵片嵌入兩片自製的薄竹片中。將其放在嘴角中，
利用吹吸控制的神祕樂器，會發出飛了飛了的高低音，
聽懂的人不多，要靠有經驗的人去翻譯才行），到心目
中認為適合自己的女子家外面吹奏飛了飛了的樂器。少
女的家長也能從吹奏者發出的音樂，判斷這是哪家少年
演出的。因為吹奏飛了飛了的方法不盡相同，所以，能
吹得悅耳又能展示自己對少女的傾心更重要！

馬拉拉弗斯的少年布拉魯彥，吃過晚餐後，帶著忐忑的心情，悄悄地走到巴沙索龍家宇，準備吹奏他練習了很久的求愛飛了飛了。

　　一彎上弦月高掛空中，幾朵烏雲偶爾掠過天際，短暫地遮住月色。布拉魯彥就乘著它，迅速地往情人巴萊泰的住屋跑去！

　　「汪汪！汪汪，汪汪！」

　　狗吠響徹雲霄，布拉魯彥不得不放慢速度，以免驚動附近的家犬！這招果然管用，他這才悄悄地乘夜色保護，走到巴萊泰家屋附近，再慢慢地摸到她家緊閉的大門前的柴堆上，坐下，拿出隨身攜帶的飛了飛了，放在靠近右邊嘴角的地方，拉起樂器的拉扣，開始吹奏！

　　巴沙索龍這一家剛剛吃過晚餐，巴萊泰及妹妹正在收拾餐具，發出輕微的食器碰觸聲，聽在布拉魯彥的耳中十分溫馨。

　　「巴萊泰不知何時才洗好！」布拉魯彥心裡盤算著，「也許，半支菸的時候吧！」

　　排灣族人這個時候，他們計算時間長短的方式非常有趣，比如一年來說，他們會根據山上某棵比較粗大的樹，附近茅草變黃又變綠的時間來斷定，短時間則根據所有男子抽菸時間長短來判斷！因此，布拉魯彥的判斷是正確的！

果然，半支菸的時候一到，布拉魯彥聽到了餐具碰撞聲！

「她完工了！」布拉魯彥彈掉菸斗上的菸灰，心裡盤算著，他要吹奏示愛的機會來了！於是，他拿出自製的樂器，放至嘴脣下，再以平時彈奏的節拍，認眞而努力地獨自吹奏出來！

隔沒多久，屋裡的人講的話，他約略地聽懂了。那家少女正跟母親說，外面好像有人在吹飛了飛了？

布拉魯彥本來吹奏一般人也聽得懂的通俗情歌，在發現對方已會意到他在吹奏情歌後，他馬上改爲吹奏古調。這是排灣族的文言文，除了祭師階級以上的人聽得懂以外，一般凡夫俗子就很難了解其中含義。

布拉魯彥的父親職司部落的狩獵事宜，他在耳濡目染的機緣下，當然學會祭歌，更擅長狩獵祭歌了。於是，先奏祭歌中最難的迎神曲，在音符高高低低的不斷循環中，他從迎接狩獵神開始奏起，慢慢地演奏出迎接山神、水神、海神……最後是太陽神！

巴萊泰出神地傾聽，她雖年輕，但在祭祀長與巫師媽媽的家庭中長大，所以，她幾乎能了解演奏者的訴求。巴萊泰心想，外面的氣溫那麼低，布拉魯彥一定很冷很冷。布拉魯彥何嘗不冷？但是，他一定要讓巴萊泰的家滿意他的求愛，他們才會開門讓他進屋避寒，這是

排灣族人的傳統！

　　據說，在很多年前也發生過求愛者不幸凍死的事件。那個年輕人在一次狩獵的時候，聽到了少女求援的呼叫，而那個聲音距離他站立的地方並不遠，於是，他迅速地到達現場，目擊少女正被一隻大黑熊追趕，年輕人不加思索地舉起手中的長矛，「咻！」地一聲，那支長矛不偏不倚地正中大黑熊胸前Ｖ字形白毛的中央！

　　大黑熊被擊中後並沒倒下，稍一用力一甩，那支長矛的長柄就挫斷！大黑熊生氣地張開血紅的大嘴巴，不顧身上的傷口正汩汩地流血中，就往少年的前面衝去！

　　美麗的少女見狀，緊張地大叫：

　　「lemmocot, kavelado！」（族語：危險，快逃！）

　　但是，少年並不理少女的警告，迅速地拔刀迎戰大黑熊！

　　胸口插著長矛柄的大黑熊發出震天的吼叫，一步一步地進逼少年所站的地方！一時間內，一場人類與野獸的戰爭正式展開！少年布拉魯彥勇敢地再補黑熊一刀，鮮血立刻噴滿少年的身上與草地上！至止，大黑熊不情願地睜大兩眼，「咚！」一聲，倒地不起！

　　少年布拉魯彥用力抽出被他插在大黑熊身上的那柄鋒利小刀後，坐在大黑熊的遺體旁喘氣！

　　那名少女目睹這場精采的人熊大戰，她緊張地說不

出半句話，也坐在草地上發呆……

「好了，我們走吧。」

不知道過了多少時間，布拉魯彥對著驚嚇過度而失神的巴萊泰說話了。

「啊，啊！你沒死？」巴萊泰直接說出她心裡的話。

「沒有死！」布拉魯彥瀟灑地回答。

「可……可是，我親眼看到你被處邁（族語：黑熊）壓在地上的。」

「妳看錯了，是那隻處邁被我刺死後倒下來。」

「啊，是這樣。」

巴萊泰心想，她可能驚嚇過度，把大黑熊看成是人，錯把黑熊倒下看做布拉魯彥倒下來！我們每一個人都是這個樣子的，在驚嚇過度後，常會發生判斷錯誤的事！

「妳住在什麼地方？我送妳回去！」

「我住在客芝林部落，距離這個地方很近。」

「我知道，可是，妳怎麼會被大黑熊追著跑呢？」

「我們的小米園就在前面不遠的地方。」巴萊泰解釋：「我路過這裡的時候，不小心遇上了牠。」她餘悸猶存地指著躺在地上的大黑熊說：「要不是你，我今天死定了。」

「別那麼說，」布拉魯彥老實地說：「牠就是不追妳，我遇上了還是要殺牠的。」

「為什麼？」巴萊泰不知道他是獵人，幾乎所有的獵人都具有這種獵殺凶猛動物的心態！

「我叫布拉魯彥，是多娃竹谷部落的馬拉拉弗斯家族的人。」

「我知道了，」巴萊泰一聽說他是多娃竹谷部落的人，心裡馬上做了一個決定：「不用麻煩你，我會一個人回去！」

「我是擔心萬一再碰上剛才的危險事情。」

「麻沙洛（族語：謝謝），我會記住你救命的恩惠！」

「那樣的話，我就不送妳了。」

布拉魯彥看著她慢慢地消失在樹林中的小路上！

「那個『法法樣』（族語：女人）好漂亮！」布拉魯彥終於深深地感受到巴萊泰的美，雖然相處的時間不長，可是，他已深愛上這個女人了！

「拉谷阿拉各（族語：孩子），布拉魯彥是妳的救命恩人，我不好拒絕他的求愛，可是，我是客芝林部落

的麥塞塞基浪（族語：酋長），我不能把女兒嫁給仇
人！懂嗎？」

　　巴萊泰回家後，她一五一十地將在園地路上發生的
事，一股腦地向父親傾訴，最後，她告訴父親，救命者
非常勇敢與親切，她喜歡這個男人。

　　「多娃竹谷部落怎麼會是仇人呢？」巴萊泰問老
爸。

　　「從我們部落往西走的話，要七天的路程才能到達
聖地『幾古拉古勒』（族語：大武山岳中的鬼湖）；那
個地方是我們信仰的『阿達烏剌麻斯』（族語：太陽
神）駐蹕的聖地，因為它是我們祖先信仰的中心，平時
很少人去打擾甚至去狩獵；因此，有許多珍貴的野獸和
鳥兒。……」

　　「卡瑪（族語：父親），我還是不懂。」巴萊泰一
臉的狐疑，再問。

　　「這個孩子，嘿！」父親心裡咕噥著說：「『幾古
拉古勒』既然被奉為聖地，當然，任何人都不可以打擾
它，以保有它的清淨與神聖性！」

　　「那，後來發生了什麼事情？」巴萊泰打破砂鍋問
到底地再提出問題！

　　「多年前，有一批多娃竹谷的獵人不顧幾古拉古勒
聖地的禁令，派出多名勇士到聖地狩獵多隻的山豬、山

羊以及少有的水鹿。」

「那不就驚擾了阿達烏刺麻斯（族語：太陽神）的寧靜與神聖性嗎？」

「就是這樣，我們兩個部落就開戰了！」

「最後誰輸誰贏呢？」

「我們，是我們客芝林部落打敗了多娃竹谷的！」

「就是這樣，我們兩部落變成了仇人？」

「那件事發生時，我跟妳媽還沒結婚呢！」

「卡瑪（族語：父親），我懂了，麻沙洛（族語：謝謝你）。」

「這樣好了，」做父親的在不破壞部落與敵對部落的狀況下，想出了一個看似不合理，但也是唯一的方法：「我明天會派人傳話給布拉魯彥，叫他後天單獨來這裡，只准穿一件外套，帶一支長簫，在巴拉庫灣的屋頂上吹簫，如果他能支撐到天亮，我就把妳嫁給他！」

「可是卡瑪，天好冷，好冷呀！」

「這是我唯一的條件，是男人就應該要來！」

「……！」巴萊泰還想說什麼，又不敢再說出來，於是就此打住了。

4

　　第三天，布拉魯彥依照巴萊泰父親所要求的裝束，一個人一支長簫，就這樣勇敢地來了！

　　他先會見巴萊泰的父親，雙方簡單地談了數句後，父親特別准許他會見巴萊泰，布拉魯彥很感謝巴萊泰父親的「仁慈」，讓他們在考驗以前准予見面！

　　「布拉魯彥，你聽我的勸告，趕快放棄吧！」巴萊泰一見到情人真的來履行父親無理的條件與要求，一臉悲哀地告訴他：「現在是冬季，所有的生物都在想辦法避寒，你怎麼那樣傻呢？」

　　「巴萊泰呀，我的索卓（族語：情人），為了要娶妳做我的妻子，我必須通過這個考驗。否則呀，情人，我就沒有資格做妳的丈夫！」

　　「可是，我擔心你撐不住寒冷呀！」巴萊泰說完，馬上就哭了，她非常傷心地哭泣！

　　「巴萊泰呀，妳不要哭，讓我勇敢地接受考驗吧！」布拉魯彥一說完就走出屋子，帶著長簫，走到約定的那棟房子的屋頂，準備吹簫……

　　傍晚的時候，太陽像一個頑皮的孩子一樣，忽然毫無聲息地從大武山下去了，冷風沿著巴納溪的河床吹進了客芝林部落，人們則躲進屋裡，坐在火堆旁烤火，很

快就忘了還有一個男人，穿著單薄「卡欽」（族語：排灣族的男子，為了表示勇敢，不怕冷，常會穿卡欽衣，那種單薄得可以隱約見到人體的衣服），正拿出長簫，吹著他初識巴萊泰的夜晚！

上半夜時，冷風吹得更強，但布拉魯彥並不會覺得太冷，他還年輕，經得起考驗！因此，他吹的音樂在寒風中特別輕鬆、快樂！但是，到了下半夜，冷風愈吹愈冷，冷到他四肢開始麻痺，冷得他不斷地發抖，吹奏的音樂漸漸變得不穩定、不協調了！

「卡瑪（族語：父親），讓他進屋子吧！」巴萊泰看到布拉魯彥孤單在屋頂上吹奏的身影，開始哀求父親放他下來……

「伊尼，那古亞！」（族語：不，不好！）

「卡瑪，麻宅呀！」（族語：父親，會死的！）

「是男人就要撐過這個考驗！」父親明白地說出他的目的！

巴萊泰看他父親如此地堅持，她只好保持沉默了！

「咻──」

「咻──」

入夜以後，大武山的山風吹得更猛烈，所有的檳榔樹在風中搖動，寬大的檳榔葉也隨之掉落地上。但是，風勢強勁得根本聽不見其他東西掉落的聲音！

勇敢的布拉魯彥堅守崗位，如同他在狩獵猛獸時一樣，任何狀況一點都不會動搖他！

巴萊泰吃過晚餐後，她坐在向陽的窗戶旁，好可以看到正在吹簫的情人！她目賭深愛的男人為了要娶她，卻不得不冒生命危險，坐在她家對面的屋頂上，孤零零地抵抗寒冷，用生命在吹奏生命之歌，想到這裡，巴萊泰有感而發地輕聲唱著他們在以前共同唱過的情歌：

No sakchu wa ahdaw paipaklen amen!
當熾熱的陽光照射時，哥哥呀，你快幫助我呀！
No sakchu wa ahdaw paee, masanwolefose samen,
kosu pakelignnaga!
當陽光照得妳頭昏腦脹時，我會化作烏雲來保護妳呀！

多美的意境，多麼誠懇的對唱！巴萊泰的心碎了！

「不要吹了，下來吧！」巴萊泰對著他叫喊！她焦慮得顧不了什麼，她要情人安全地陪她呀！

「巴萊泰，他是自願的，妳不可以再對他叫喊！」父親嚴謹地維護他們排灣族人的約定。

「他如果是男人，就應該信守諾言！否則，他不配做妳的丈夫或情人，知道嗎？」父親對哭得像淚人兒的

女兒訓斥，想表示他是對的。

　　是男人，就得信守諾言，是男人就得挺過這寒冷的夜！

　　布拉魯彥是一個成熟的男人，布拉魯彥更是一名勇猛的獵人，多少個打鬥中，他戰勝了野豬、山羊！多少次狩獵間，他曾擊退了凶猛的大黑熊。因此，區區一個晚上的寒冷算得了什麼！對，他是這樣自信地迎接這個考驗，哪怕只准他穿一件「伐牙勒」。（族語：一種長條形的肩帶，上面以小貝殼和紅色、白色、黑色的珠串畫成幾何圖案，非常漂亮！可是，它卻不能禦寒，一點都不能！）

　　布拉魯彥就是戴這種東西在吹簫的。冷，當然冷！可是，他要信守諾言不可半途而廢。於是，他睜眼也要吹，閉眼更要吹，男人，就要做得像男人，否則，會遭人恥笑！

　　刺骨的風依舊不斷地吹，布拉魯彥的簫聲卻不斷地降音，幾乎要斷音時，音量卻又突然升高。這是因為他冷得快控制不住簫音的高低了！

Malu waga masalo wa men!
快停止吧，我們感謝你！
Jakodaying, nowokalieejen?

無可奈何呀，誰叫我是男人呢？

A nase nowachawo chawo, ah wokali katowa vavaang nokano patido can,

一個人的生命是不分男女的，

Pawolid son, lakowa sicodaga machiyai,

你說得對，但，惟願不死，

Sicoda ga makacochi!

不要殺人，不互相殺害！

……

可惜，當暗夜退去時，布拉魯彥漸漸失聲，然後，一些好奇的人們走近一看！

啊！死了！

布拉魯彥死在巴萊泰住家對面的屋頂上！

客芝林部落的人們，紛紛向死者致哀！

天亮後，不知哪幾個熱心的族人把布拉魯彥的遺體從屋頂上搬下來，放在村莊出入口的「乍乍巴勒」（族語：排灣族人會在村莊入口的地方，習慣性地立起門形的竹架，並在橫梁上綁一塊唸過咒文的豬骨，族人叫它「乍乍巴勒」，具有避邪驅魔的作用），等候部落的「甫力高」（族語：祭師、巫師）祭祀唸咒驅邪！

布拉魯彥的死，非同小可！

他是死在信守諾言的偉大人格！

他更是多情男子的表率！

他至死不渝的精神，將永遠成為族人的行為標竿！

布拉魯彥的死，震撼了大武山下的所有排灣族人！

布拉魯彥的偉大情操與人格，將是所有排灣族人的表率，即所謂的生命誠可貴，愛情價更高吧！

多娃竹谷部落的大酋長翁帝，率領精壯隊伍一百人，浩浩蕩蕩抵達客芝林部落，求見部落酋長！

依慣例，多娃竹谷這一群人，不能直闖部落，而必在部落前面的「乍卡勒」休息，等候召見。因此，多娃竹谷人只好在此停住，由乍卡勒值勤的少年跑去向他們的酋長稟告什麼人求見！

少楞酋長在了解狀況後，告訴信差，請多娃竹谷部落的貴賓上來。

「edo ah yia nia mazazagilan.」（族語：酋長有請）

「masalow!」（族語：謝謝！）

翁帝大酋長帶著荷標槍及配刀的隊伍，浩浩蕩蕩地前進客芝林部落⋯⋯

「enowan te polaluyann?」（族語：布拉魯彥在哪裡？）

「ah, jaajaviee, elado emaza!」（族語：啊！辛苦

了，請上座。）

　　「enowan te polaluyann?」（族語：布拉魯彥在哪裡？）

　　「oepaee, copachu nai」（族語：我來看看。）

　　少楞酋長帶領翁帝酋長到巴布斯卡曼（族語：排灣族人放置意外死亡者的地方。原則上，必在部落村莊外的荒地）。排灣族人對意外往生者非常忌諱，因此，他們的遺體不可抬進部落，必放置在巴布斯卡曼（族語：暫置病死者衣物及意外往生者的地方）。

　　翁帝酋長非常仔細地看過布拉魯彥；死者已經被友村依族規將雙腿屈成坐姿，再將雙手環抱雙膝，將頭整個壓進雙膝中間。他們之所以要這麼做，第一點：人死後身體僵硬了，不能屈成坐姿。第二點：多娃竹谷部落到客芝林的距離遙遠，不能等那麼久才把死人的遺體屈成坐形。不然，要如何將死者的遺體送進路方（族語：排灣族人死後都埋在房屋中央；挖很深很深的大洞，預備家人死後埋葬的地方，他們就叫它路方）呢？

　　翁帝酋長看過後，非常滿意地對著客芝林的頭目說：

　　「麻沙洛！」（族語：謝謝）

　　「加法加非！」（族語：不客氣！）

　　一件本來會動干戈的大事，就此打住。翁帝酋長下

令將布拉魯彥的遺體扛回故鄉埋葬，結束了這一場誤會。

　　痴情的巴萊泰就在布拉魯彥死後不久，在埋葬她情人旁邊的相思樹，上吊死亡，留下了族人飯後的談話資料，而他們的陰魂都將快樂地飄浮在天上！永遠，永遠……

　　布拉魯彥邊回想，邊吹奏示愛，約莫再過一支菸時間，巴沙索龍家門，嘎地一響，巴萊泰探出頭，害羞地邀請布拉魯彥進門喝口溫熱的小米酒。

第貳部

| 第一章 |

　　同樣也在麻里卡騷祭舞中，法伊斯與狄沙卡（來自多娃巴莉部落）相識，且都對對方留下了深刻的印象與好感；而客芝林部落的谷娃娜‧麥多力都麗，對上了馬發流家族的青年嘉淖；接著，拉吉林家族的慕尼，也對上了拉里巴部落來的布尼翁——

　　瘋狂的麻里卡騷祭舞，它牽動了多對未婚男女的邂逅，故而深受族中男女青少年的喜愛！而這種祭典每年只辦一次，就在部落豐年祭後的秋天，大家的農作還沒有動工，每個人每天都閒閒的沒事幹，排灣族人的祖宗們及創制者乃創制了麻里卡騷制度。

　　年長的族人也都樂於辦理這項活動，原因是，他們在年輕人的刺激活動中，可以看到二、三十年前的自己，那是多麼令人懷念的往事呀！

　　年長的族人樂於讓年輕人配對，如同從前的自己……

　　「谷娃娜，終於有機會跟妳談話了！」

　　嘉淖見人潮逐漸散去，說出了他一直想見她的心事。

　　「是啊！好熱鬧呀！」

　　「這就是麻里卡騷吸引人的地方！」

　　「我也是這樣想！」嘉淖有感而發地回應說：「我們排灣族人的族規太嚴苛了。」

「我有同感呢！」谷娃娜深深地認同嘉淖的說法，繼續說：「我們從小就被教化成，第一、女人不可逼視男性。第二、稱呼自己時，不可以說成『我』，一定要說：『迪亞門』（族語：我們），否則就是不莊重、沒教養的女人，更不要想要嫁出去了！」

「男人還好；不過，西卡森生（族語：工作用的東西）的刀子，絕對不可以跟狩獵用的東西給『法費（族語：山豬）』混用，那是犯了狩獵神的戒律，以後就別想能抓到山豬了！」

……！

不知怎樣子的，兩個人的話題，就一直圍繞在族人風俗習慣的不近人情與族規的嚴苛……

「還是談一些比較輕鬆的話題吧！」解鈴還需繫鈴人，嘉淖扯開了話題，他繼續說：「不知道妳們今年有沒有新開的『發福娃』（族語：工作的園地）？」

「嗯……有吧！」谷娃娜回答得不怎麼肯定，她說：「卡瑪（族語：父親）說，靠溪邊的那一塊地很好，可以種地瓜、芋頭、小米等等卡咖嫩（族語：莊稼），很好的一塊地。」

「妳的卡瑪很厲害，居然看中了那一塊好地方！」

「哪裡，哪裡，你過獎了！」

「老實說，很早以前我就有計畫開發那一塊地；因

為第一、離部落近。第二、旁邊就有巴納溪的流水，可以學習白浪（族語：閩南人）他們種巴代（族語：稻米）的方法，就有機會吃到好吃的巴代了。」

「可是，……」谷娃娜左右為難地說：「卡瑪已經開始砍草及伐木了，你就別想占有那一塊地了！」

「別緊張，我隨便說說而已！」嘉淖趕忙解釋：「我們祖先就說過，先占先贏，妳的卡瑪既然已經開墾了，我就沒理由去跟他爭地了。」

「那就好！」谷娃娜終於放下了心中那塊巨石，她說：「我家的柴火不多了，你就幫忙吧！」

「我已經是『麥多力都麗』家族的女婿了，照辦！」

「你又耍嘴皮了，我不跟你好！」谷娃娜害羞地紅著臉兒，跑掉了！

嘉淖知道自己又說錯話了，趕快放下手裡的工作，追在谷娃娜的後面，氣喘嘘嘘地求饒：

「對不起呀！妳別生氣了好嗎？」

……

谷娃娜這才放慢腳步，鐵青著臉不理他！

嘉淖裝著一副受委曲的表情，對著谷娃娜求饒。

谷娃娜不說話就是不說話，害得嘉淖不知該如何是好！

　「好了！」谷娃娜不忍心讓情人傷心，在過了一陣子後，她才解除「戒嚴」，接受嘉淖的道歉說：

　「下次不可以再以言語占便宜！」

　「是！」

　好了，雨過終於天晴了，兩個年輕人的兩雙眼一對照，心有靈犀地說：「啊命拿卡（族語：結束）！」

　兩個人同踩快樂的步伐，愉快地回歸夕陽西下的美麗的部落！

| 第二章 |

　　儘管嘉淖有時調笑一下，消遣谷娃娜；但聰明的她也能體會他的用意。因此，兩個年輕人就這樣不著邊際地打情罵俏，他們很快就成為人人稱羨的甜蜜情侶了……

　　不過，雖然習巫的日子是不會干涉青年少年男女的感情生活，卻不能太深入談戀愛，也就是凡事把習巫擺在前面，做任何俗事時，絕不可疏忽了習巫的大事！否則，巫神不悅時會給部落帶來嚴重的災難！這是師父對學徒們一再強調的命令，任誰都不可違誤！因此，這一段時間谷娃娜的生活重心還是放在巫事的執行上，其他的，就讓它去吧！

　　時間在人們不經意的疏忽下，春祭也熱鬧地滑過去了。接下來是，族人們驚奇地發現，他們種植在各地山坡上的小米已經逐漸成熟！金黃色的小米串散發出淡淡的米香，引來了附近麻雀造訪，吱吱喳喳地圍在小米園的四周，毫不客氣地大方啄食人們辛苦種植的「法鳥」（族語：小米），看在族人的眼裡非常不捨！於是，族人想出了各種驅趕小鳥的方法！

　　巴沙索龍家族的年輕人，把家裡用過的瓶瓶罐罐，以長繩串成長長的警鈴，在小鳥經常聚集的地方圍成一個圓圈，再留下一條可供他們搖晃警鈴的短繩，放在大樹下可以監視全園區的地方。

當他們發現有小鳥飛來，開始啄食小米穗時，只要用力搖動警鈴的長繩，警鈴就會發出驚人的聲音，把小鳥趕走，小米園便立刻恢復了寧靜，金黃色的誘人顏色，也重新在陽光下閃耀。

谷娃娜也學會了巴沙索龍家族驅趕小鳥的方法，把家中使用過的瓶瓶罐罐，串成長長的警鈴，用以圍繞她們的小米園，把平時趕了又飛回來的討厭小鳥全部趕了出去！

她非常高興學會了這種比較輕鬆又有效的趕鳥方法！

「看來，今年的收成會比往年豐收許多了。」小女子安慰地自言自語！

「當然。」

忽然，一個男人的說話聲傳來！谷娃娜一驚，向那個說話的方向一看！

「啊！怎麼會是你！」

「我一早上山看三天前捕捉山豬的陷阱，順便看看妳們家的小米，是不是可以收成了。」嘉淖以關心的語氣，對著情人說話。

「謝謝你，這一區的小米，明後天就可以收成了。」

「那好啊，我一定來收割的。」

「怎麼好意思呢！」

「已經是自己人了，」嘉淖不經意地說：「妳家的事，就是我家的事，不是嗎？」

「……，……」

谷娃娜這次不再回擊嘉淖占便宜，她只深深地看著眼前的英俊男子，心想：

「他真貼心呀！……」

一種甜蜜的感覺湧上心頭，一道紅暈飛上她的雙頰，谷娃娜已經深深地愛上這個男人！她卻不懂這種感覺是什麼，只知道那種酸酸甜甜的感覺，好甜蜜，也好奇怪呀！

| 第三章 |

　　夏天的陽光熾熱地照耀大地！樹葉和小草經不起陽光的摧殘，一區一區地垂下葉子；好像一個垂死的人，沒有了生氣，也失去了與陽光抗爭的精神。它們在等待下雨，對，下雨！只有雨天可以讓垂死的植物復活！

　　小鳥不再啁啾，安靜地躲在那個陽光照射不到、被樹葉覆蓋的樹枝上吧！

　　台灣東部的夏天就是這樣的悶熱！只有當白雲飄過時，大地才能獲得一時的喘息！否則，即使太陽下山了，那種悶熱跟白天沒有兩樣！

　　排灣族人的男女，都生有深咖啡色的皮膚，大概是一種抵抗熱氣的顏色吧？否則，非洲人的皮膚怎麼不是白色呢？

　　谷娃娜古銅色的皮膚在陽光下，閃閃發光，像極了一個健美排灣族美女！而她與嘉淖的戀情正傳遍了部落，不可能有不識相的年輕人會去觸霉頭吧！

　　排灣族人古老的傳統是，不允許有第三者介入一對男女情侶的感情！否則，一旦出現被認定有這種行為的男人或女人，頭目有權將他們驅逐出部落，永遠不得回來！

　　這種嚴格的規矩訂定下來後，一向純樸的族人絕對遵守！而且，一代代傳下來，還沒有人膽敢違反。

　　嘉淖為了能娶到谷娃娜這個部落公認的美女，除了

更虛心地伺候她，也更努力地表現自己與眾不同的功力！因此，嘉淖會隨時留意谷娃娜家的木柴還夠不夠？她們的用水也要由他挑來裝滿水缸，負責任的他才會滿意！

另一方面，谷娃娜雖然嘴裡不承認是嘉淖未來的媳婦，她卻常常到嘉淖的家裡幫忙縫衣服、煮飯、洗衣等家務；鄰居們看在眼裡，莫不羨慕嘉淖有這麼能幹的媳婦！

嘉淖帶著鋒利的彎刀，迅速地穿梭在大武山濃密的草叢中，正在追躡一隻被他射中的山羌！他注意這隻山羌很久了。

第一次跟牠照面大概在半個月前；他屏住呼吸，把一呼一吸之間的速度放慢到最低，兩眼逼視著草堆裡那發亮的雙眼。以他獵人的敏感，他知道，那是一隻公山羌正在覓食，卻不小心被他遇到！

獵人的性格使他很自然地抽出背袋裡的箭垛，迅速地搭在長弓上，瞄準，射！

嘿！受到地理環境的影響，他竟然失手了！那支鋒利的箭垛竟偏右一點點，射中了獵物的右小腿，讓牠一躓一躓地向密林裡逃竄！

嘉淖憑藉行獵多年的經驗，他知道，受了傷的山羌絕對跑不遠！

　　果然，在他穿越濃密的茅草園後，赫然看見，他的獵物已因失血過多，昏倒在一棵大樹下，正與死神扴鬥中！

　　嘉淖毫不遲疑地抽出鋒利的獵刀，就在山羌的喉嚨上一刀刺進，結束了獵物的生命。他擦乾獵刀上的血，再插進刀鞘，然後雙手扛起山羌，愉快地走回部落！

　　「嗚——」

　　甫抵村口時，嘉淖依照族人的慣習，張開喉嚨對著部落長嘯三聲，族人聽到後，馬上到酋長的屋宇集結，準備分享山肉。這是一種非常優美的風俗，排灣族人上山狩獵時，只要有所收穫，一定在村口發出長嘯，告訴族人：我狩獵成功，大家到酋長屋宇前的祭台上分肉吧！

　　排灣族人這種習慣沿用至今，已經有好幾個世紀了！族人無私地分享獵物的精神，使部落族人常常可以分得到野味！可能分量不多，但，長年累積下來，也很可觀！

　　還在巴拉庫灣（排灣族人的戰鬥與訓練機構）受訓的甫拉里生（族語：在巴拉庫灣受訓中的少年），在聽到有人在村口長嘯後，他們不必等長老的命令，便非常主動地奔向村口，幫助獵人將獵物扛回部落！

　　酋長就坐在門檻上，嘴裡咬住一根長長的菸斗，靜

靜地觀察年輕族人的行動。想當年,他年輕的時候,不也做過這些事嗎?如今,他年事已高,退居第二線,把這些耗損體力的工作交給年輕人去承當,也樂得做一些指導的工作,讓自己也輕鬆起來⋯⋯

　　他們的日子就是這樣在不經意間度過去了!

| 第四章 |

　　谷娃娜經歷了這一連串的磨練以後，她成長了許多。對於人情事故方面，也在多次的祭祀以後，谷娃娜才深切地體會到，原來她所崇拜的巫神也在潛移默化中，改變了她的觀念，使她從少不更事的少女，變成了一個可以承擔大任的真正甫力高（族語：祭師），而這種體悟，必須要具備深厚的智能，這對於一般俗人是很難做到的！

　　谷娃娜深深地體會到這一層道理，所以，她更能深入研究排灣族巫師制度的重要性！由這一點所延伸的道理，讓她對巫術更加精進，也使她在巫術界有了更高階的成就了！

　　到底她是如何做到的呢？道理很簡單，她在決心要學好巫術時，就以她成熟的身心，重新來一遍學習的歷程……

　　谷娃娜以為，現代習巫者必須具備基本條件，過去傳統巫師的傳承，對習巫者訂有嚴格的基本條件；並不是所有想習巫者都能成為巫師！

　　排灣族人經歷了數十載外來政權及外來文化的衝擊，加上部落族人自我內在文化的變遷，使巫師傳承中斷，已面臨失傳的危機。

　　為了復興巫師文化，使之再蓬勃，藉此保住珍貴的文化傳承，凡具使命感又有心搶救排灣族人的巫師文化

者，乃大膽地撇開傳統習俗中，習巫者基本條件的規定，依需求訂定以下的遴選方法與原則：

壹、採自由報名方式：

一、凡是對祭儀文化傳承工作具使命感，有心研究並從事部落祭儀文化者都可以參加。

二、為頭目家族成員並決心傳承者，優先錄取。

三、已取得原住民語認證合格者，優先錄取。

經過以上程序的篩選後，就可以展開教學歷程了。

貳、學習歷程：

傳統巫術的教學採一對一師徒口傳的方式教學；不過，由於師資嚴重不足，學徒也無法像過去配合師父的生活作息，採「做中學」的方式學習。因此，在上課前要積極地訪談講師、採集教材，依其口述編輯教學活動內容，縝密地研擬學習計畫，採行現在「大班」的方式密集培訓。

一、驅除學習語言障礙儀式（semucirhuq tua kai）：

由於排灣族語書寫系統的訂定，藉由經文的文字化，有助於經文的學習速度，唯因現代排灣族人，歷經日治時期之皇民化教育，及國民政府厲行漢語教學政策

後，族語能力太差，對艱澀的古老經文，完全不解其意涵，面對未曾聽聞的生難字詞，學習起來格外困難！又因講師不諳漢語，師徒溝通倍感困難。因此，師父在上課前，依照舊俗，會先為每位學徒做驅逐語言學習障礙儀式，請祖靈、巫神助學徒們一臂之力，驅逐其語言障礙，增進學習效果。

‧驅逐語言學習障礙儀式，由師父負責執行！

1、獻祭：

A、由祖靈屋內開始獻祭稟報（kemasi qamaqan a fokanpatjumalje）

　　　師父面向家屋祖靈祭壇（qemas），手持自釀小酒（vawa，而今多以市售的米酒代替），對著杯口「哈」（qemas）一口氣（象徵活化祭品），一邊誦唸祭獻詞（tjemautjaw），一邊以右手指點酒祭獻，向祖靈稟報此刻即將進行之儀式！

獻祭詞

A vana ga ripaltagal yanga i tjen patjarhiyan nanga
itjen patjatjumatjumaljanga itjeu a kemasi qumaqan i
kakiyauauvw tu tjaualaua!

我們要從祖靈屋祭壇，開始獻酒，獻祭品給世代祖
先們稟告，此刻即將進行的儀式！

Tu tjasifatarhiljan a sewucirhuge a semutangtangan tu
kai tu ljauran!

爲儀式語言之順暢祈求！

Saka ulja vusemuru nanga nu tjewarheu nanga tu tja
farh-isiyan tu tjafarhisiyan ika namauangauang ika
nawarpiyan ika namarhikerhk aya ken i qumaqan i
kakyauangan i pafuceuuljan!

謹從祖靈屋祭壇，請祖靈在儀式過程驅逐所有障
礙！

Saka ulja nu kini gaugauan nlja nu kini tauerhakan sa
nu pakiciyuri sanu pakitatjarhani a niya watjaljaljak
a wareka niya niya vuvu ayaken a kiyaljing a ki
pakateku.

謙恭的懇請祖靈及巫神，准予所求並祈請恩賜。

　　然後，谷娃娜還做了以下重要的祈禱歷程，以呈現她對神明的虔誠與精準的祈禱！

B、走出屋門外 sema paling，向巫師精靈、巫神
（Saljemetje）、創始者（Naveneqac）以及天神
（Qadau a naqemate），稟報此刻即將進行的儀
式！

（獻祭詞）

A vananga ri tjemumaljanga tu tja sarhadje tu tja
laualaua tu tja si fasarhutan tu tia sifa secacikerhan
saka ulja tjen a pinakiciuan ulja tjen a pinakiseljangan
tu naljemerhai tu naljemecege!
Kemasi qinaljan kemasi cinekecekan a nakitjaurha
a mareka tja matjaljaljak a vanaga ri tjemumaljanga
pakakeljakeljang nganga tu tja sarhasarhatje tu
tjalaualaua ti sun a qa dan anaqemati saka ulja tjen a
finakiciyaran pinakiseljangan nu pasarhut tjen pase
cacikerhan tjen.
我們要祭告巫師精靈、巫神、創始者、天神們，祭
儀即將開始，祈求能匯集眾神之力，以獲神助，使

一切順利圓滿！

2、驅邪除障（qemizing）

驅除執行儀式時之障礙（由師父於祭祀前施作，請惡靈不要搗亂）。以祭葉包碎豬骨，獻祭稟報祖靈、巫神，祈求協助驅除一切儀式上之障礙，使儀式順利進行。

Auan nanga riqemizing nganga temayiljanga tu uamatimetiw tu nasarekuya tu ika izoa na sefa ljaljuvaq a uu sefaljalja-farhe tu tja sifasarhutan tu tja sifacacikerhan saka ulja tjen a sini tailje ulja tjen a siniqizing a sini ljaljeqerhe a tjen a sini tailje ulja a siniqzing a sini ljaljeqerhe a siniljamecau na qadaw a naqemati.

我們要開始驅除一切障礙及汙穢，使祭儀順遂不受干擾！

3、祈求寬恕儀式中過程及語言上之錯誤與冒犯（temangar, kisufasalio, kisofacvak）

Auan naga uri semutangtang nganga tu mareka izi tu mareka rhingarhingau tu ika na maua ngauang tu ika na marhikerhi ka a tia rasutjen a tja ljecegen!
要驅逐心靈神智上的障礙及干擾，使其神清氣爽，毫無罣礙！

4、驅逐語言障礙（semucirug tua kai）

Avananga semucirhuqanga semutangangan nanga tukai tuljavaran, tu ika nacmavangavang tua ika namarhikrhik nu tjemarhan nu semusu tu tja viyaq tu tja parkisiyau!
我們要開始驅逐語言障礙，祈求除去不專心、不順暢，使語言流暢，思緒清楚！

5、彙整、檢核（remasutj），求天神寬恕之處（kisupacvak），求天神寬恕儀式順序錯亂之處（semuquljis），求天神寬恕罪愆（kisupasariu）。

6、與神同在（pakizang tu qadau a nagemati）

7、加持（semanruqem）

8、總結（qemacuvung）

　　谷娃娜歷經繁複的祈禱與誦經的考驗後，她終於明白，她所崇拜的巫神有多麼地不容易接近，祂設下的規矩有多麼嚴苛！因此，谷娃娜為成為一個排灣族人的巫師，做一位人人羨慕的「甫力高」（族語：祭師），她必須付出更多的時間來學習！小小年紀才十六歲的谷娃娜能夠發下宏願，是多麼不容易！

　　經驗老到的「葛其格基本」（族語：部落的祭祀長，地位僅次於酋長）看在眼裡，暗暗地佩服谷娃娜的偉大志氣，他發願一定要培養谷娃娜，成為部落甚至整個大武山下，排灣族人的巫師典範！

　　葛其格基本發下宏願後，他展開了訓練谷娃娜及其同伴們的計畫，並嚴格地執行了！

　　祭祀長從九段基礎經文的第一階段展開學程！但是，經文往往艱澀難懂，學起來非常乏味，他為提高學徒們的學習興趣，乃依舊制，師父先從旋律優美的練習曲教授第一段經文，等她們學會後，師父才教學徒用速唸的方法吟誦經文，一直到她們完全精熟為止，師父才會滿意她們已經學成了！

　　這個時候，祭祀長認爲谷娃娜已經精熟第一階段的經文，乃宣告儀式過程（kipatengeng），這項儀式由師父及谷娃娜的家族們陪同她向巫神宣告：

Ki papatadalje lianga tu tjumaq tu tjaljavurhungan tu si kipatengteng au tu si kiyarapan tu si kirutukan!
向原生家長們，宣告學巫的決心！

1、吟誦宣告儀式經文。

I sazuzatj i qumagan i taquvan reledengu recvungu lja kusaratj svarhidan svurhadan nu rhekerhek nu puringau ka maru patjecusuin iremanguavan nu tjemaravaciq nu tjemara inasakan qumadain nacenumuni nagemimang ti samacaucan ti samacaljuvnq lja i kinavurhu si ni pasasimu lja i qindaran se mupaljiq semocirhuq a qadau a naqemati ki purhauan ki vusukan au kipatengeteugnga i yai!
向上帝、創始者、巫神及祖靈宣告，將獻身於巫術事工，跟從師父習巫絕無二心！如中途變節，願負賠償的責任！

2、到師父家屋祭壇祭告祖靈。

　　patjamalj twa qumaqan

3、向屋外祭告巫神（saljemetj）及門外靈（tjaipeling）。

4、協商習巫之條件。

5、誦告儀式的經文。

6、儀式結束。

| 第五章 |

　　祭祀長巴拉卡萊承大酋長卡必·都拉浪的關心，他親自督導谷娃娜這一批年輕的習巫者，希望她們在今年的豐年祭以前，能學會艱深的巫術祭詞；但是，如果要學會這些艱深難懂的祭詞話，則必須按部就班地打從基礎經文學起！她們必從練習曲教起，再逐字逐句解釋其含義，並進行整段的記誦，直到熟練為止！

第一段　i sazazatj

I sazazatj i qumaqan i taquran reledenga recvungu lja kusarhatj suarhidan suarhadan nu rhekerhek nu puringau ka marupatjecusuin i remanguauan nu the maravaciq nu tjemarainasakan quwadain naceumuni naqemimang ti samacaucan ti samacaljuvng a i kinavarha sini pasasimu lja i qinidaran semce paljiq semuciruq a qadau a naqemati kifurhauan kivusukan au kifa tengetengnga i ya i!
在祖靈屋內虔誠地祈請匯集眾神靈之力，帶領習巫者醉心於巫術之事功！

第二段　ti ljaljamege

Ji ljaljumeg a i tja nuna qemati pupinatjeljuan
pufinakizaljuman tjai sarekuman nanawau kaljiuakan
saku rinarua saku rinarasong sinu ljitan kaljinaljecegan
iya i...

頌讚水神 ji ljaljumege，創造湖、海、溪、河之神
蹟。

第三段　ji saljemetje

Jjemelje a i rharhiuaan su zinekatje su vineqac a
kakemuda nanga sarekuman i va rakare a nakitja
vanadisan na kidja rharhuqewan nu patjarasarhudjya
vatjesaniu sa ljutjuaqan i surharhiviljan i ya i!

頌讚創始巫師及祭儀之神 Ji setjemetje 之神功！

第四段　i pidi

I pidi naqemati pucinunan pusinanaljakan maljiya a
rhinuqeman kaljifau qaqava sen i purhiljing i puljaqai
sa tja pakirhigu tjai redau a naqmat rhiuaurhak a

ljiua hung kutikuti veljeuelj maljiya a ljaljeqerhan a
ijamecauan i tjaraljaf i zemezem a kiniyauangan a
finucevuljan i kinamar-kingulaljan i k namataregaljana
i ya i（sini pafiyazawan）！
頌讚賦予人類生命之天神 Nagemati，祈求神所創
造之生命皆美好無瑕！

第五段　tjarhan nua fuqayaqayam

Mafulaljum a ken kamatjaljauasai kuamengai
huamengai ku paikurhadai tu ku qaya qayam a
maretiman malji a kaiyan a qaualjan safirhiyan
satjuuiyan tjeuudu a tjerhi naulje i ya i！
頌讚神爲大地孕育多樣的鳥、獸、蟲、魚等各類動
物，並使之興旺多元！

第六段　tjarhatjarhan

Ari tja suacikerhai nu tja tjarhan nu tja djadjurhadan
ma sikawkaw wadarauracai ariuatjan nu qinuljung ka
mapaupaljan ka maljeragan uraka uirhiljan nnqaru dan
tinaidai tinaparhuq idaredaw i ya i！

當習巫者披荊斬棘，歷經艱困後，祈求能獲神助，
為其指引道路！

第七段　ti satjagarauas

Ari tu ljiyauauawkitareduuani tjai Jhagaraus a na sewil
rhingau a na semu vange tje i tagau nua rheverhuan i
ya i（zewarezar）
我們一起向上頌讚開創宇天地之神——tjagaraus

第八段　ljiya kacacedasi

Ljiya kacacedasi madarawraljap pinaka tjinevces
tjiuauar-iguai keni ljitac tu i kan ljadan tu i mak
rhizeng i ya i!
請習巫者，迎向東方領受聖恩！

第九段　patjekauljadan

Tja patjehauljakannau ti cinunan kitatjarhan kitaverhak
tu kinipurhavan tu kini vusokau ki yaya j kauljadan i
ya i!

將習巫者封巫的榮耀，奉告天庭祈請賜予福運與靈
力！

| 第六章 |

祈福經文之教學 temulurhu tua cacvnan

祈福經文是儀式中巫師所吟誦的關懷祈禱詞（vivalekan），與基礎經文在儀式中採配對式運用（sipa tidetideq），其所配對經文之首段皆相同，且其用字較口語化，淺顯易懂。因此，較基礎經文易學快記。

現在，就摘錄於下，供學生們參考、運用：

第一段　i sazazat

1、Au ki tiyakeu naga cu liya qamaqan a mapakaljaualjaua a mapucvucvulj iqumaqan i taquvan i qivaljan i cinekecekan.
我是鎮守祖靈屋的主神，守護部落及家園。

2、Auan naga ri kipapaljizau wanga ri kipapadadaljanga ri kipapatjaljenavg nganga tu mareka vuru tu mareka matjaljaljak tu siki patengtengan tu siki yararang tu siki rutukan tu siki tjaljiyarutau.
要恭候祖先參與宣誓及封巫儀式。

3、Au ki masarhu itjen au ki masuqerhid itjen i pazazukezuker-patjatjaljinang tjara vavurhuvurhungan tjara naqematimate tjaranauevqaneqac.
我們將釋疑並深信，歷代各聚落的長者、天神及創立者。

4、Aiyanga ila mun sanu rhiualjanga saua ljaquyi ganga ara tjawacaqumen tjakemeljan ngawen a nakizang a nakitjavang a na kaisizazou!
你們不要懷疑，身爲守護者，我代你們更了解！

第二段　ti ljaljumege

Au ki tjyaken naga cu ti ljaljameg aken a qadau a keu a naqemati yaken pu pinatjeljuan pu pincekizaljaman.
我是創造湖泊、海洋、溪流及萬物的神。

第三段　saljmetje

Ou ki tiyakennanga cu saljmetje aken i rarhiuan a pu pinarutaua gan tu kakemudain naga.

我是居住在 Rharhivuan，職司守護大地萬物的神
saljemetje。

第四段　I padi

Au ki tiyaken naga cu i pidi i katjaljanan pu cinnnun
pu sinanaljakn.
我是賦予人類生命之神 Naqemati。

第五段　ti satjagaruaus

Au ki tjyaken naga cu liya ti tjagaraus aken a i uauau
kini ljaljingan kini patje sizazauan tu kakewvdain naga.
我是開創天地之神 Tjagaraus，職司守護大地萬物。

第六段　ti savurhuvurhung

U-u-u-u-u-u ti sauurhn savuruwelng nga ken a pinaka
zaing pinaka cacunan pinaka semeke tje nu i kacavan
nu i wakaili zeng
我是職司天地賞罰之神 Savurhavurhung

| 第七章 |

部落性各項祭典之示範及實作

　　為配合部落性歲時祭儀之參與學習，會實施該祭儀的分節示範教學，以加深學徒印象。師父也隨機利用部落族人之生命禮儀之式，做示範分解教學。

　　傳說中巫神常無預期地透過一些神祕的徵兆，降賜神珠予被巫神揀選的女子，獲神珠者才具有拜師習巫並受封成巫的資格。根據老巫師說：「穫巫神揀選而得神珠者，要殺一頭大豬酬神並宴請族人，宣告喜訊。」

| 第八章 |

封立儀式 kiringtjelj

（1）準備儀式器物：

1、**祭葉（viyaq）**：它是排灣族人在儀式中盛裝
獻祭品的器物，例如杯子或盤之類。如由其外
在儀式行為及儀式性器物的擺放觀之，因其置
於骨頭、肉、鐵屑等祭品之下，在儀式過程中
用以包裹祭品獻祭，故將之解讀為盛裝祭品的
杯盤。然而，由古老經文及五年祭歌與祭文可
知，似不宜將之等同於盛裝祭獻品的杯盤；
舉例來說，五年祭歌中的「viyaq nua paiwan
sevecik i farhngcelj」，其意為「排灣族的祭典
viyaq 廣為鄰近族群所記頌」，另外，五年祭
結束，恭送祖靈時所吟誦之祭歌：「nutjalja
vineqacan wun keljwakan a tjaugaq」（當祢們
回到創始地 veneqacan，請小心守護族人的祭
儀）。

2、**豬骨（cuqeralj）**：腰椎骨方可用做祭品的象
徵物，象徵全豬。在傳統排灣族人中，因食物
取得不易，養一頭豬至少要一年半載，而部落
中的祭儀十分頻繁，要每一次祭儀，都殺豬祭
祀，實在不可能。因此，權宜之計就是在普通

的儀式中，簡化成只取豬體右側骨頭，晒乾敲
碎，對它「哈」一口氣，象徵化成全豬來祭
獻！

3、**樹皮**（qajlic noua kasiyu）：它的作用與豬肉
脂相同，早期如無豬肉時則以此代替牲體。

4、**棚架**（tapaw）：用於封立儀式時，請神賜神
珠及昏厥式（ljamaljukucan kiihungae）。

5、**香蕉葉**（velie velie）：用於搭架或迎神祭的
橋梁。

6、**葫蘆**（ljui）：卜問或取神水之器物。

7、**環帶**（viljuwaq）：繫在頭上及腰際做為護身
命脈之用。它除了用來封立巫師之外，亦用於
平日農作物捆綁之用。

8、**酒**（vawa）：原則上，以自釀小米酒為主，
有時也用公賣局發售的米酒。

9、**豬**（lili）：獻祭品。巫師封立之儀式中，供
族人分享共食。儀式中，必須準備三頭豬以
上。其用途為：

A、**大豬一隻**：稱為 karhiyanan，意為供全體
參加儀式的族人共食。其中，須取豬肝二
葉及頸背肉為頭目稅（nadis），下水汆
燙後，由家族中長輩至祖靈屋交由頭目獻

祭（patjumeelje），再取右側頭骨汆燙後敲碎，當作儀式祭品。另從豬體右側自頭至尾切下約五公分正方豬皮，用竹片與腸子將豬頭和右前足串起，成為象徵全豬的獻祭品。

B、**中豬一頭**：為謝師禮，致贈給巫師分享，由師父分配之。

C、**小豬一隻**：被封立者及巫術箱，需要靈力加持之牲體，以祈禱爾後從事靈媒工作時，巫術靈驗。其處理方式與大豬完全相同，只不過，大豬用於第一天的封立儀式，而小豬則用於第二天巫術箱加持及受封人神力灌注。

10、**淨身套環**：用野芙蓉之皮，捆綁三節豬脊椎骨，而各地方法不盡相同。

11、**祭盤**：於祭儀中排列祭品之用。

12、**白布**：大小各一塊。

13、**小米梗**：小米梗於點燃冒煙後，上置豬肉脂以助燃，裊裊雲煙能為人神互通訊息。

14、**檳榔穗**。

15、**無患子**：為巫神揀選為巫之記號及卜問之用。

16、**巫術箱**：內裝神珠、巫師刀、豬骨。於出外
　　　執行巫術儀式時，用於防身並增加靈力。

17、**竹筒**（rasutjan）

18、**巫術佩刀**（ceqeljap）

19、**祭祀竹杯**（vatjukun）

20、**連杯**（vhaugalje）

（2）封立儀式：

　　族人的巫師封立儀式甚爲繁複，茲就所知略述如
下，以簡化傳承爲目的。

　　第一天：爲立巫者做事先準備，邀請師父、頭目、
親屬及族人，共襄盛舉：

A、**邀請**（tjemawije）：首日早上由原家老大負
　　責就父母雙方親戚、部落巫師及族人，挨家挨
　　戶邀請。外地親戚則發送信物邀請以示愼重，
　　谷娃娜在外村的親人不少，就苦了那些跑腿的
　　部落青少年了。

B、**奉請**（paketuqalj）：到了傍晚時，谷娃娜
　　的家長及親屬陪同她，攜帶甘蔗、檳榔、小米
　　酒到師父家奉請。

C、谷娃娜到了門口時，先禮貌性地對話，師父
　　乃邀請其入內，谷娃娜贈予一小節甘蔗及一

粒檳榔給師父，師父與谷娃娜再用雙人杯
（rhangalje）斟滿小米酒，換端對飲五杯酒。
飲畢後，谷娃娜誦念基礎經文，在師父指導與
示範下，練習次日封立儀式中的昏厥儀式動
作。等師父認為她及格後，帶她前往拜請祖師
爺、頭目及家屬長輩，參加次日的盛大活動。

第二天：谷娃娜的師父有感於排灣族傳統社會裡，
巫師奉立是一件重大事件；因此，他慎重地邀請全體族
人，舉辦盛大儀式，務使每一位新立的巫師有一種傳承
的使命感，其程序如下：

A、至神池取神水（semaqaqumu a kezaljum）：
師父依據傳統，在凌晨天未亮時，由谷娃娜攜
帶葫蘆瓢及竹筒，獨自摸黑前往陰森的水池取
水，以試探並鍛鍊她的膽識。谷娃娜單獨地摸
黑前往，心裡十分恐懼，但是，想到立巫後成
巫的光榮，心裡就舒坦，那種害怕的情緒也跟著
消失，最後終於完成了取聖水的任務與試鍊！

B、祭告祖靈（patjumatje）：谷娃娜依照師父
的指導，向發祥地（veneqacan）、祖靈、部
落祭台祭告。

C、取牲禮（kiparhisiyan）：
1、豬仔驅邪除穢（pceuung tua lili）：由師

父用祭葉、豬骨、水、酒執行驅邪儀式，並向執掌動物界之神（tjakamakuljing）請罪及謝恩。這個儀式始於古老族人仍處於以狩獵野生動物維生，尙未進化到豢養動物的生活方式時代，族人認爲森林裡所有動物皆由 tjakamakuljing 所飼養，因此，儀式中所使用的山豬骨頭，爲獵物界的神所賜，必須向其祭告並謝恩，更祈求神明能恩賜，使族人未來狩獵時，護衛族人的安全並具有所獲！

2、殺豬取獻祭品（kiparhisiyan）：由牲禮官負責豬體之解體，依序割取獻祭牲禮（ki palhisiyang）、牲禮官酬禮（ki liniqeligan）、巫師酬禮（ki ljinucanwan）、頭目稅（ki vadis）等。

3、割取牲體肉的方法及步驟爲：

　　a、割取鼻部肉。

　　b、割取耳尖肉。

　　c、割取頰皮肉。

　　d、割取前臂皮肉。

　　e、割取肚皮肉。

　　f、割取後眼皮肉。

g、割取內臟。

h、串獻祭品。

i、象徵全豬的全套祭品。

j、祭祀用骨頭。

D、備祭品（venayaq）：

1、在祭盤中央，排上五片一疊、上撒碎豬骨之特用祭葉（sinupu a uq）備用。

2、巫術箱。

3、小米酒。

4、竹杯。

5、水。

E、為家屬成員驅邪祈福（parisi tua kinacemekeljen）：巫師從祖靈祭壇（qumaqan）開始祭獻，稟告（tjemomalje）、喚醒（semaugesege），再持祭品對家屋及全家人做驅邪除穢及加持儀式（semanraqem），以驅邪除障（qemizing）並祈福（pakiyamang），最後入竅（paki rhigau）。

F、為師父加持祈禱：由其他參加封立儀式的師父們，為主持儀式之祭司開始獻祭（pakan）、稟告（ejemumalje）、喚醒（semaugesege），再持祭品對家屋及全體族人做驅邪除穢及加

持，並爲祭品祈福蒙恩（pakiyauang）、入竅
（patje rhigau）。

G、**爲受封立者加持祈禱**（semavrhuqem tua
rikirhingljelj）：巴拉卡萊爲受封者驅邪及加
持，期能獲得巫神的幫助，引導儀式過程，使
封立儀式順利，受封者智慧增長，蒙神祝福。

H、**爲祭品祈福蒙恩**（pakiyauang）

I、**對所有儀式性器物，實施驅邪潔淨儀式**
（pasarut tue nenanga）。

J、**架設迎接神珠的橋梁**（semanrhaling lua
zaqu）

　　1、用香蕉葉斜插窗戶，做爲神珠降落的管
　　　道。

　　2、也有用茅草穿過屋頂，做爲神珠降落的橋
　　　梁。

　　3、屏東縣春日部落則用刀懸掛窗邊，做爲神
　　　珠降落的管道。

K、**搭帳棚**（temapau）

L、**淨身儀式**（parhakeculje）

　　　用套環爲受封者從頸到腳套五遍。淨身過
程中，巫師邊唸經文邊套環，象徵淨身重生，
意思是受封者從今以後脫胎換骨，成爲一個全

新的人神間溝通的橋梁，獻上一生爲族群犧牲奉獻！

M、**昏厥禮**（kiljaljakuwan）：與天神溝通方式。

N、**誦經**（marhada tua karilirili）：昏厥儀式結束後，眾巫師將暈倒的學徒谷娃娜抬到屋後祭壇（puzayazayan），施術增強靈力並喚醒。

O、**加持**（semanrhuqem）：師父執行加持及祝福禮。

P、**拆棚架**：受封學徒暈倒同時，立即拆除棚架。

Q、**謝罪謝恩**（kisupasarhiya）：所有祭祀儀式後，一定要做告罪謝恩的儀式，求神明寬恕在儀式中，因大意所造成的過失，或因疏忽所觸犯的禁忌。

R、**儀式結束後**，新立巫師的谷娃娜已盛裝完成，接受全體族人的祝福。依照傳統習俗，在封立儀式中，規定受封者必須素顏素服，嚴禁穿著有飾物及鈴鐺的華服；應該穿著不具生育能力的老嫗所穿過的舊衣服。根據傳說：這個規定起始於古老年代，曾有位貴族獨生女，當她在受封爲巫師的當天，深愛女兒的雙親，竭盡所能，把女兒打扮得如花似玉、豔光四射！觀禮者莫不讚不絕口，爲其驚豔！可是，不幸的事

發生了！當神珠降下的一刹那間，雷霆萬鈞的炬光射向少女，驟間響起清脆的銀鈴聲，只見少女從窗戶飛向光源，巫師群驚慌之餘，立刻集眾人之力施法術跪請巫神返還少女，無奈未能如願。歷經此事後，族人認爲是巫神羨其美豔，帶回天庭。自此以後，族人立下禁令，凡立巫者必素顏素服，嚴禁打扮！

第三天：根據族人傳統觀念，巫師責任艱鉅，除非有過人的智慧與膽識，否則就無法擔任此重大任務。是故，當谷娃娜封巫後，必須去除女性軟弱的個性，要像男人一樣地勇猛無懼。因此，封巫儀式的最後一天，會舉行佩刀（kipaceqelap）成爲男子（kisanuqaljaqaljai）。其過程如下：

A、準備儀式器物：

祭葉、豬骨、酒、水、巫師箱、竹筒、葫蘆、祭葉、刀⋯⋯。祭葉的排列方式有二：

其一、爲具有特定作用，固定數量的祭葉分兩對，人與巫術箱各一對，依照加持順序，從頭到腳排二列：頭部十片一疊，計二疊；肩部九片一疊，計四疊（施予人之雙肩與巫術箱之兩耳），其餘類推。膝蓋五片一疊，計四疊；足踝部三片一疊，計四疊；腳趾部一片一疊，計四疊。

其二、爲普通祭祀用的祭葉，每兩片一疊，上撒豬骨屑，通常用於祭儀開始及結束。

B、**祭告祖靈**：受封者與頭目向祖靈宣告。

　　1、受封者在祖靈屋前向祖靈祭告。

　　2、頭目也在祖靈屋前祭告。

　　3、師父到門口面對太陽，向天神、巫神、巫師精靈祭告（喚醒、招請、祈求俯瞰）。

C、**繼承儀式（kiparhaljing）**：

清晨時備妥祭品，祭告祖靈及巫神後，師父領新封巫師，趕在天微曦前到家門口，面向旭日昇起之方向，將配刀置於大門右側，招請巫神俯瞰將承襲衣缽之傳人，並灌注神力使其聖靈充滿，靈力強韌，無敵能侵！

D、**加持（semanrhuqem）**：

　　1、師父一邊唸經，一邊手持夾豬骨屑的祭葉，從頭到腳趾依序換序加持，求神與學徒同在，期能使鴻運當頭。

　　2、師父一邊誦經，一邊用手持夾豬骨的祭葉，依序爲巫術箱加持，使其靈力旺盛，一則守護受封者，再則期待受封者在執行巫術時靈力無窮。

　　3、師父重複上面的動作，依序爲葫蘆加持，期盼其靈力旺盛，占卜問事時，法力無

邊，精準靈驗。

4、師父一邊唸經，一邊手持取自神池的神水，為受封立者執行潔淨驅邪儀式，期能使其潔淨，百害不侵。

E、結束（pasarhut）、彙整（remasutze）、除幣（semupachuak）：

儀式每告一段落，即為該儀式過程執行 pasarhut, remasutze, semupaceuak 之祭儀，為儀式中可能因不小心而造成的失誤請求恕罪。

F、增強膽識，成為男子（kisan uqaljaqlji）：家族長者為受封者披戴巫術箱，以增強她的靈力，另外佩掛男子狩獵刀，增強其膽識，勇猛如男性。

G、招請神靈賜予與神相連之靈力（cemeuulije），將燃煙之祭葉（seneuulji a uiyaq）分到每一疊祭葉上。

H、回到祖靈祭壇（qumaqan），用燃燒祈靈之祭葉（cineuulj），祝聖（pakiyauang）、加持（semanrhuqem），並灌頂入竅（patjerehingau patje izi）。

其他事項如下：

一、學習招魂、迎送巫神及巫師精靈之吟誦經文

（kicaquan ljingasan）：

學徒被封立以後，才具備能力學習與祖靈相通的進階經文（kicaquwan tua ljingasan）、巫神及巫師精靈的迎接送走經文（nua sipapeceuceueng a ljingasan）與眾神互通的經文。

二、參與部落性各項祭儀（kicaciyaran a parhisi）：

封立後的巫師，尚不具備獨立執行儀式之能力，必須不斷地跟師父參加各項祭儀，扮演助理祭師角色，協助師父備祭葉、獻祭品，並跟隨默唸經文。在這段時期不分享酬金，只能分得豬肉，直到具備獨立執行祭儀的能力，舉行另立門戶後的儀式為止。

三、另立門戶（kisan tjingangurcec）：

經封立後的巫師，還有一段漫長的學習路要走。因此，她必須學習封立後，才能學習與祖靈相通的經文、迎送巫神之經文……。在此階段，新巫師們可以應族人的要求，執行簡單的加持、設祖靈牌位、驅邪除穢等儀式。但，多數時間要陪師父執行巫術，她所得的酬勞也要交給師父，一直到師父認為其已具能力獨立執行所有的祭儀時，才能舉行另立門戶的儀式，然後，她才能獨立門戶，執行各種祭儀，至此，其所得酬勞才是她所有。

　　封立爲巫師後的谷娃娜，她才深深感覺到，排灣族人巫師的養成過程非常審愼與艱難，而她們所扮演的角色更爲重要！當她們被封立爲巫師當天，突然雷電交加，傾盆而下的大雨洗盡了部落的每一個角落！因此，谷娃娜又深深地體會到，巫師是人與天神的橋梁，巫師的封立，絕對是天地間共同的重大事件！

　　傍晚時，一道七彩的美麗彩虹優雅地橫亙在巴納溪與大山之間，鳥兒們好像感受到這美麗的景象，不停地啁啾，好像在告訴族人們，客芝林部落出現了一個新巫師，祝福族人平安、喜樂與健康，永遠幸福地生活在這美好的、山與海築成的王國裡！……

　　谷娃娜的年紀雖小，卻經歷了學巫、立巫的繁複工程，這絕非一般少女所能承擔得起的艱難工作，但不平凡的她卻都做到了，她也彰顯了一個「麥塞塞基浪」（族語：酋長）世家的人，果然不同凡響，像她就做到了平民百姓所不能做到的事！

　　立巫後的谷娃娜因家世不平凡，立刻成爲酋長及巴拉卡萊（族語：祭祀長）以下第三高位的部落巫師長，開始執行各項祭拜太陽神、巫神、山神及水神的繁重任務！

　　雖然如此，谷娃娜仍然虛心地向部落的巫師前輩們

請益。因爲她深知做爲一個巫師長，只是代表她在巫師界的地位，並不表示她的巫術已經凌駕其他巫師們的技術！因此，谷娃娜更加虛心地學習她不熟悉的領域，而前輩們看到她那麼虛心請益，也深受感動，高興地將她們所知道有關巫術的知識領域，一個個教她。所以谷娃娜的巫術在短短的一年內，已經練得爐火純青，成爲一名紮紮實實的排灣族大巫師了！

丘卡父龍（族語：大武山）下所有的排灣族部落族人，莫不爬山涉水，到谷娃娜瀕臨太平洋的部落請益！巫師們好奇地想看看，這位奇妙的少女巫師到底是如何做到的？

谷娃娜・麥多力都麗的名號已經響徹雲霄，她正如日中天般地嬌立在大武山下，成爲一個人人崇拜的大巫師了！然而，純眞的谷娃娜並不因名氣響亮就開始驕傲，她反而更虛心地繼續學習，以精細地研究巫術並使其發揚光大！谷娃娜也知道，響亮的名號其實並不值得炫耀，因爲那只是一種表象，戳穿了也不過是虛名而已，並沒有什麼！

第
参
部

| 第一章 |

　　當部落南方那一大片茅草園抽出第一根嫩芽時，部落族人驚覺地發現，各種鳥兒在林間互相追逐，發出悅耳的啁啾；附近的山豬們也帶著一群小豬，在樹林附近的茅草園啃食剛出土的嫩芽。牠們甚至乘著雨水灑下後留下的泥淖在打滾、嬉戲，不斷地發出嗚嗚嗚聲，表現出牠們快樂迎春的心情！

　　家犬們更是快樂地在部落的每一個角落追逐嬉戲！所有的公狗們，尾隨在發情的母狗身後嚎叫，好像在向牠心愛的母狗示愛、追求，以取得一親芳澤的機會。

　　也有幾隻幸運的公狗遇上了牠的愛侶，交尾後在部落附近拉來拉去，根本無視於族人異樣的臉色！一些比較頑皮的村童們，乘狗狗交尾後，公母難捨難分地連著屁股時，就拿一根長竹竿，將它穿過兩隻狗的中間，而後兩個人猛力一抬，只聽到兩隻狗嚎叫，其狀況叫人看了，又好笑又害羞；少女們莫不羞紅著臉，迅速地找地方躲開！有人看到了，便不禁掉入童年的回憶裡：想當年，年紀與這些頑童相仿時，不也曾經做過這缺德又好玩的事嗎？

　　谷娃娜偶爾也會遇見這尷尬的事，她卻落落大方地告誡孩子們，不可拿狗狗的慘叫聲當好玩，因為牠們是族人的朋友，牠們還會跟著主人去狩獵，如此一來，人們才容易得到獵物，族人才有山肉吃！她這種愛屋及烏

的寬大仁心，迅速地傳遍附近的排灣族部落，而族人更深深地佩服她的仁民愛物精神……

受封立後的谷娃娜在短短不到三年的時間裡，迅速地蛻變；她的父母以及師長們，看在眼裡，個個都慶幸他們發掘了一顆寶玉，她將在未來的日子裡閃閃發光，她更將帶領部落的巫師們，把祭神的神聖工作，做得更好更完美！

谷娃娜的感情也隨著年歲的增長，變得更成熟了！

嘉淖這位狩獵高手，並不因陷入與谷娃娜的感情昇華，而影響了他的狩獵收穫，他反而時常獵獲比較凶猛的山豬。因此，族人幾乎每隔十幾日就分得嘉淖的獵物，每個人都高興地分享，對，分享！

排灣族人不管聚居在哪一個部落，他們與生俱來就有一種非常值得鼓勵的美德，那就是「分享」！族人們自古以來天生一種不必言傳，卻人人都在做的「分享」習慣。因此，從人們還不懂得豢養豬隻、山羊及水牛的年代起，族人就已實行「分享」制度；也就是部落的人民，不管是哪一個人，只要獵獲比較大隻的獵物，像山豬、山羊、鹿，甚至更凶猛的黑熊等等，一定會先抬到

酋長住屋前面的祭台上，再邀請部落的「莫路師」（族語：祭祀官）做以下分配：

一、獵物的頭部一定交給獵獲者；這樣的話，他就可以把山豬牙、羊角、鹿角掛在堂屋比較明顯的牆上，以彰顯他的狩獵技巧及收穫。

二、肩胛肉獻給酋長；因為，酋長是部落的領導人，由於酋長的祭祀，太陽神才會讓他得到豐盛美味的獵物。如果神明不靈，他哪兒來的狩獵成果呢？

三、其餘的碎肉就交給部落族人去分享了。雖然不多，但如果每三、五天就分得一兩次，那不也很好嗎？

認真而辛苦的祭師們也沒有被遺忘。酋長會分配一些上肉來當作酬庸，使他們也樂得高高興興與家人分享去了！

「谷娃娜，這一次上山俄麻陸普（族語：狩獵），可能會比以前更辛苦，更危險！」

嘉淖一見到谷娃娜，突兀地對她說了一些不吉利的話；起碼在排灣族的風俗習慣上，任何一個出征或上山狩獵的男人，都會不小心說出了不吉利的語言，而這在那個神治的年代是非常大的忌諱！

「嘉淖，嘉淖！不可以說巴利西（族語：觸犯神明）的話，」谷娃娜立刻制止他說下去：「你是部落的葛其格基本（族語：祭祀長），怎可輕易地冒犯剌麻斯

奴娃阿道（族語：太陽神）！」

　　谷娃娜才說完，立刻從她隨身攜帶的巫師袋裡，取出獸骨及一把祭刀，開始對說錯話的嘉淖實施除罪邪的法術；嘉淖知道自己冒犯了偉大的太陽神，就靜靜地雙膝跪向東方，接受谷娃娜的除罪法術……

Tison ah naqmate, ah chimas nesa ahdaadawu!
posaloee ah pasalio ni janow, masalowalhuachaqun!
太陽神呀，我們崇敬的天神！祈求祢原諒嘉淖的冒犯，感謝祢！
Ah comasee to chu wagha, whola eeniyaga pasalio
whula semaso waga toa so sinitolow!
從今而後，就讓嘉淖嚴格遵守對祢的諾言，做好一切敬拜祢的事務！
……

　　「起來吧！我有感應到，太陽神已經答應赦免你的冒犯！」谷娃娜一面收拾好她敬拜神明的道具，一面輕柔地叫嘉淖起來，告訴他神明不怪他了。

　　「麻沙洛！」（族語：謝謝！）

　　嘉淖站起來，拍拍膝蓋上的沙塵，感性地對她說了聲謝謝！

　　「嘉淖呀，嘉淖！你貴為部落的葛其格基本（族語：祭祀長），不要再冒犯神明了。」谷娃娜很誠懇地對她的上司也是情人，溫柔地說。

　　「不愧是部落的甫力高（族語：祭師、巫師）呀！妳對神明的虔誠我深深地感應到，我錯了，要改進！」

　　「好，知道犯錯了，我代表巫神原諒你。」谷娃娜嚴肅地告訴嘉淖，嚴重的犯錯就此打住，兩個人不禁會心地笑了起來！

　　「最近很難得看到你，不知道你在忙什麼？」谷娃娜很自然地問嘉淖。

　　「麥塞塞基浪說，我們客芝林部落的瑪索乍飛勒（族語：豐年祭）就要舉行了。他吩咐我上山打獵，希望能有一些山豬或山羊，來當作祭神的禮物，因此，我就帶著獵狗去了一趟比較近的山區，很幸運地抓到了兩隻山羊。」

　　「太好了，今年豐年祭的祭品有了著落，太陽神一定非常高興！」

　　「當然！」嘉淖聽到情人的讚美，禁不住地驕傲起來：「都靠神明的力量與恩賜，我是客芝林部落的打獵高手呀！」

　　「我可以想像，今晚的迎神舞會上，你一定是最風光的人！」

「也許吧，晚上見了。」

「加法加非！」（族語：再見！）

「加法加非！」

②

　　客芝林部落的排灣族人，依據歲時祭儀的方式，虔誠地祭拜他們所信仰的「刺麻斯奴娃阿道」（族語：太陽神），把他們一年來辛勤耕作所獲的各種小米、地瓜、芋頭，以及許許多多叫不出名字的糧食，抽出象徵性的數量，在隆重的祭神禮儀中，奉獻給太陽神，並企求來年能有更豐厚的收成才好！

　　於是，族人們依照祖先們拜神的程序，首先辦理「巴甫基那富」（族語：豐年祭前的祭神禮儀），部落村民家家戶戶要包一種素粽，用來祭祀那些意外死亡的祖先，安撫他們的鬼神在部落舉行豐年祭時，不要到部落搗亂，務使正式而隆重的豐年祭順利進行！

　　谷娃娜奉大酋長的命令，率領部落的全體巫師三十餘人，在酋長屋後的部落祭壇，展開三天兩夜的豐年祭前的迎神唸經，以乞求太陽神率領山川神祇們，大眾一同降臨客芝林部落，享受人們虔誠奉獻的豐盛食物，以繼續照顧這些敬神又愛神的人們！

　　族人所謂的「瑪索乍飛勒」大約在每年七月、豐富的農作物收成以後的第一次月圓時，舉行豐年祭！客芝林部落的族人也不能免俗地行禮如儀，虔誠地祭拜太陽神、祖靈、山神、海神以及水神等神明，以表現族人對神明的感謝！

　　豐年祭的前三天，族人依據傳統，要先舉辦「巴甫基那富」，其用意在祭拜意外死亡的部落族民，請他們的鬼魂不要在部落舉行正式豐年祭時搗亂，使一切行禮如儀地圓滿成功！因此，客芝林的族民舉辦隆重的祭典，且它的形式規模與正式祭典完全吻合，以示對鬼魂的尊重！

　　依照慣例，祭祀用的粽子是不能加任何佐料的。同時，村民要在清晨天未亮前，把已經煮熟的素粽，由甫拉里生（族語：青少年）跑步分送到每一位祭師的家宅，象徵邀請神明參加族人的豐年祭盛會！

　　當夜晚來到時，部落所有的少年男子都要集中到「拉馬扔」（族語：青年聚會所的首長）的家裡，一方面暢飲小米酒，一方面忙著做花環。這些繽紛的美麗花環，是要送給少年人鍾情的少女的。他們會期望自己所製作的漂亮花環，能在次日夜晚的「麻里卡騷」（族語：一種被設計成有情男女示愛的浪漫舞蹈）時，被心愛的女孩戴著！

　　這麼浪漫的愛情故事，就從這一個美麗的花環展開
了！

　　嘉淖精心設計的漂亮花環，果然平平穩穩地戴在擁
有美麗臉蛋的谷娃娜頭上！那種驚奇與喜悅，使少年
的嘉淖高興得差一點大叫「甫萊」（族語：漂亮、帥
氣）！豔麗又豐滿的谷娃娜完全捨棄了她平時矜持的表
情，落落大方地展現她青春活潑的少女情懷，使所有參
加祭典的男女族人感受到她奇異的靈氣。巫神已經把谷
娃娜妝扮得美如天神，令人有一種不敢逼視她的感覺！

　　「谷娃娜好漂亮呀！」有人好像發現了至寶似地大
叫！

　　「你聽她的情歌多麼甜蜜！」讚美聲又起……

　　於是，客芝林部落的夜晚，年輕男女的歌聲、歡樂
聲充滿了整個廣場，部落人們不分年紀或男女，都正陶
醉在麻里卡騷的優美旋律中，不知不覺地跟著哼唱起
來！

　　詩情畫意的麻里卡騷之夜，繼續燃燒年輕人的心
胸，於是，一首首年輕人自編的情歌，如同宣洩的洪流
一樣，充斥在部落的每一個角落！……

　　　每當毒烈的陽光無情地照痛了妳柔軟的皮膚時，美
　　麗的巴巴樣（族語：姑娘）呀，我願意化做一層烏

雲將妳保護，……

多情的比亞對著他仰慕的騷尼耀姑娘，唱出了心裡的情話！共舞的年輕人也照樣唱了一遍！

騷尼耀姑娘心裡非常高興地接受了比亞，但是，礙於面子，她只能默默地看他一眼後便低下頭，再也不敢多看比亞一眼了！

每當我想起妳的時候呀，巴巴樣卓姑，三天三夜都吃不下飯，每天只喝一滴水度過！

部落的大獵人法賽，拿出他練習好久的情歌，對他心儀已久的卓姑唱了出來；同伴們一面圍著火堆跳四步舞，一面跟著法賽的情歌複唱一遍，而卓姑也害羞地低下頭，不敢看法賽！但是，一顆少女的心早已飛向唱歌的英俊獵人了！

接著，幾乎所有心儀對象的少年男女，都依循唱歌的原則，唱出迷人的自編情歌！於是，客芝林部落，完全籠罩在年輕男女迷人的情歌裡，彷彿整個部落四周的山林也跟著唱起情歌，所有族人都已沉潛在一首首情歌中而不自知了！

啊！迷人的麻里卡騷之夜啊！

3

　　當客芝林部落的族人們深陷於麻里卡騷的情景時，炎熱的氣候早就悄悄在太平洋上形成一股風暴，聲勢逼人地撲向部落！

　　夕陽像一塊燒紅的烙鐵，紅亮亮地高掛大武山上，氣溫悶熱地流竄部落裡的每一個角落，微微的氣流令人有如在燒山時，靠近火源的那種悶悶的、叫人發狂的不舒服！於是，部落裡的狗群不由自主地狂吠！檳榔樹葉受到熾熱空氣的影響，也一株株地下垂！

whou ee vunali yaga!
祭祀長圈起雙手，大聲地警告族人，颱風來了！

　　族人依據數百年來他們與大自然奮鬥的經驗，深深體會到，一場非常巨大的颱風即將來臨，而祭祀長的警告更加深了族人的警覺！於是，他們迅速地加強茅屋屋頂的抗風竹竿，婦女們則是頂著葫蘆穀子，迅速地往水源取水！有人拿出爐灶上已經烘乾的小米，奮力地搗在臼子裡，以備颱風來襲時食用！

　　有人將牛羊及豬隻趕進牛圈裡，防止牠們因受驚嚇而走失！

排灣族人為應付大自然嚴苛的考驗，每一個人都動員起來了！

果然，強烈的颱風在人們的預期中，快速地襲來！

人們還來不及收拾晚餐的餐具，稀稀落落的強風即從太平洋的海平面，順著狹窄的客芝林溪谷往部落衝去！他們感受到，颱風真的要來了！

少女巫師谷娃娜好像受到巫神的召喚，很自然地取出祭刀，在祖靈屋前面，左手拿著獸骨，虔誠地唸咒：

Ce sazazatj i qumaqun i taquvan reledengu recvungo lja
Kusarkatj svarhidan suurhadan nu rhekerhek nu puringau
Ka marupatjecusuin i remanguauan nu marauaciq nu
Tjemarainsakan quwadain naceununi nageminang ti samacaucan ti samacaljunuq a i kinavurhu sini pasasimu lja
I qinidaran semupaljiq semuciruq a qadaw a nagemati kipurhanan kivus akan au kipa tentengnga i yu i
在祖靈屋內虔誠地懇請匯集眾神明的力量，把正在破壞部落的颱風驅逐出去！

　　巫神好像聽到了少女祭師谷娃娜的祭語，瘋狂的狂
風驟雨馬上停止，客芝林部落恢復了平靜！人們高興地
一個個走到戶外，將颱風破壞的村落重新整理一番！

　　全新的部落又重現在太平洋濱！

| 第二章 |

　　西元一八九五年時，中日發生甲午戰爭，戰敗國清朝不但賠償日方巨額的黃金，也將台灣一併送給日本，排灣族原住民遂與台灣其他原住民們，陷入了黑暗的五十一年歲月，直至西元一九四五年十月二十五日，台灣光復後，他們才重見天日。

　　日本人據台後，他們很快地實施「理番政策」，在山地原鄉設置許多所謂的「番童教育所」，由當地派出所「大人」出面，驅趕年在十二歲以下的兒童入學，教育孩子們學習大和文化，讓原鄉的孩子們懂得崇拜「神社」，也跟他們一樣向象徵日皇的國旗與圖像高喊「萬歲」。

　　孩子們心裡雖然有千萬個不願意，但是日本教師們凶惡的教育及隨時打來的教鞭，讓他們不得不委曲求全地接受教化。反正服從日本教師的命令就少挨一頓教鞭，日子就好過一些了。

　　為了接受日本人的教化，孩子們每天必須走過一重大山後，沿大竹高溪的河流走到太平洋濱的公路上，再走二十公里左右才能到半山腰的「大竹教育所」上課。因此，他們每天清晨三、四點就得起來，吃過昨夜家長留下的烤地瓜或芋頭，就得摸黑出發了。

　　多年以後，有一次孩子們為了趕路，也嫌帶便當在身上麻煩，所以他們一個個空腹上學去了。可是，還不

到午餐時間，孩子們就一個個喊肚子餓。日本教師發現他們沒帶飯包，就帶他們到學校的實習農園，挖了一些紅木薯，叫他們煮來充飢。孩子們一見有東西吃，就高興地謝謝老師，接著大夥兒圍在校方後面的空地上，生火將挖來的紅木薯烤起來了！

當孩子們高高興興地爭吃煮熟的紅木薯時，發生了奇怪的現象，他們忽然覺得肚子不舒服，然後就開始嘔吐，不停地嘔吐！

日本老師發現後，就隨便拿一些成藥讓學生服下，然而一點效果也沒有，學生仍然在嘔吐。

「先生（日語：老師），……」

有一名來自嘉谷蒲部落的孩子，還來不及說話，就昏迷過去，不久後，沒了呼吸心跳，死了！

「先……」又一個來自同一個部落的孩子，死了！

然後，又一個死亡！

那些同樣來自嘉谷蒲部落的三名學生，就這樣中毒死了！

日本老師兼派出所警察，一見大事不妙，也不敢再逗留，連同另外兩個同事逃回派出所躲避！不過，他們經過討論，認為兇悍的「番族」知道這件死亡案後，必定會殺過來派出所。他們雖然武器精良，但是，據說「番族」殺人非常凶猛，他們的人又多，兩相比較，日

本人絕對處於劣勢！

　　距離大竹高溪派出所南方約五十里的地方，日本人在那個濱海的閩南聚落，設置一個警察駐在所，在所長鈴木一郎的領導下，有一個木造的辦公廳，他們配備有精良的武器及鋒利的武士刀，還設有一個可以拘留人犯的拘留所……。當然，裡頭警察人數也有二十多名和他們少數的婦女家屬。因此，大武駐在所儼然成爲日本人的永久住居地了！大竹高溪的那些日本警察，就是要連夜去投靠大武駐在所，不讓「番族」殺了他們。

　　然而，人算不如天算！他們逃亡求救的計畫，早在族人的預料中！因此，日本警察沿海灘逃向大武的時候，族人早在距派出所約五公里的加津林海邊之林投樹叢裡埋伏了。

　　太平洋濱的林投樹叢，由於不受人們的砍伐與燒除，因此它們往往長得密密麻麻的，占有海濱沙灘的一大部分，成爲排灣族人天然的蔽敵之處，欺敵的效果十足。

　　「利碰，格其惡！」（族語：殺死日本人！）

　　當日本警察路過濃密的林投樹時，埋伏在深處的排灣族人，伸出雪亮的戰刀，擋住了日本老師的去路。

　　「番人，危險！」日本人也不是省油的燈，當發現族人殺過來的時候，日本人迅速地抽出武士刀，背對背

採取防衛戰術。族人假裝害怕日本人的武士刀,退後防線讓躲在林投樹叢的弓箭手們放心射箭!

果然,這種欺敵戰術產生效用,兩名日本人立即中箭倒地,才數秒內毒箭就發揮作用,日本人迅速死亡。

「vejai!」(族語:萬歲!)

排灣族人發現日本教師兼警察死亡,立即高興地喊萬歲。

弓箭手迅速打林投樹中衝出來,拿刀將日本人的首級割下,就往腰裡戴。血淋淋的首級就這樣被族人帶往客芝林部落,放在酋長廣場前的高架台上,讓它們在風中陰乾!

谷娃娜這一批新任職的甫力高(族語:祭師),再次見識到排灣族人殺敵祭神的壯舉!

族人在割下日本人的首級並完成復仇的任務後,那種報復的快感馬上充斥在他們的胸臆中,大家興奮地手牽著手,在日本人的首級前高跳戰舞!

Lee Ya wule lavouo la, niya kenochi yaga ah zuwa
neya ahla!
Ahzuma ah coma see lauok ah lepon
gawu gavu sa wolo wolo
Pake lokon mlyaman

Eeyawolee——

咿呀喔哩——我們敬愛的祖先們呀！

我們殺死了我們的敵人，

那些打海上來到的日本人！

請接受這些首級，並賜福給我族人！

咿呀喔哩——

正在跳戰舞的勇士們，也跟著舞蹈的節拍，高聲地複唱！於是，整個客芝林部落陷入了瘋狂的祭典中，每一個部落人也都已沉潛在歡樂的祭祀中了！

| 第三章 |

　　自從部落族人為了報復日本教師兼警察的那兩個人，把他們在投靠大武駐在所的路上殺死以後，駐在所的日本人因遲遲不見他們的人影，便斷定他們的同事凶多吉少，一定遭番人殺害了！因此，駐在所新任所長佐佐木一郎立刻成立「危機處理小組」，派遣三名警佐及五名被徵召的番人警丁，浩浩蕩蕩地往客芝林部落的方向而去。每一個人心裡都明白，那些遲遲未歸的同事們已經犧牲了。但是，為求明白真相，他們必須走這一趟路，是生是死？全靠神社的真神保佑了。

　　「危險！有埋伏！」

　　帶隊官非常機警，任何風吹草動都在他掌握中。

　　「番……」

　　他剛發出「番人出現」的第一個字，一支鋒利的箭垛射中了他的胸部，只見他兩眼一翻，倒退兩步，死了。

　　「馬鹿野……」

　　另一名警佐大罵「馬鹿野郎」（日語：渾蛋），正欲抽出武士刀應戰，卻也被族人射中，死了！

　　隨隊的原住民警丁在事發突然的情況下，立刻解下刀械，雙手放在頭上，表示投降，並且斷斷續續地向射箭者的方向求饒說：

　　「paiwan nameu woota, maya komochi yamen!」

（族語：我們也是排灣族人，不要殺我們！）

「chia woo laee ya no chiket katowa uolok, vaeko wa seemon enaland!」

帶隊的酋長嘉淖，如此吩咐那些被日本人利用的同胞！

「masalo, vikagamen!」（族語：謝謝你，我們回去了！）

很快地，勇士們在嘉淖酋長的率領下，把兩名日本人的首級切下，繫在腰際，回頭往部落的方向奔去！

「嗚——」

「嗚——嗚——」

甫抵村口，嘉淖運用他慣有的叫聲，向部落發聲！

「melosa, losa wulo wulo!」（族語：兩具，有兩具頭顱！）

於是，早就守候在門外的谷娃娜這群巫師們，迅速地往村口迎接作戰歸來的戰士！

「辛苦了！」谷娃娜對著領先到達的嘉淖說。

「沒什麼，謝謝關心！」嘉淖只淡然地回應她。

戰士們排成一列，手握含血的戰刀，沉默地接受谷娃娜祭師們的除穢祭儀……

A uananga ripeljagei yanga i tjen patjarhiyan

nanga itjen patjatjamatjamaljanga itjen a kemasi
qumaqan i kakiyaman gani papucewuljan tu mareka
tjawatjaljaljak tu mareka tjauuvu tu tjalaualava!
我們要從祖靈屋祭壇，開始獻酒、獻祭品給世代祖
先們，稟告此刻即將舉行的儀式！
Tu tjasipatarhiljan a semucirhuqe a semutangtangan tu
kai tu ljauaran!
為儀式語言之起始順暢祈求！
Saka ulja nusemusu naga nu tjemarhan nanga tu tja
parhisiyan tu tjaparhisiyan ika namanangavang ika
namarhikerhk aya kon i qumagan i kokiyauangan i
papucevuljan!
僅從祖靈屋祭壇請祖靈在儀式中驅逐所有的障礙！

　　然後，谷娃娜走入祖靈屋內取出祭刀、獸骨及珠
串，在走出屋外時，她開始唸「祭獻詞」。

Avananga ri tjeweemaljanga tu tja sarkadje tu tja
lavalava tu tje si pasalhutan tu tja sipa secacikerhen
saka ulja tjen a pinakiciuran celja tjeu a pinakisjangan
tu naljemerhai tu naljemecege
Kemasi qinaljan kemasi cinekecakan a nakitiaurha

a mareka tja matjaljaljak ri tjemumaljamga
pakakeljakaljan sakaulja a pinakeciuran tu naljmecege.
我們要祭告巫師精靈、巫神、創始者、天神在上，
祭儀即將開始，祈求能匯集眾神的力量，獲得神
助，使一切圓滿。

谷娃娜遵奉排灣族天神的指示，她又實施了「驅邪
除障」，族語就叫 qemezing 的祭禮。它是一種為驅除
惡靈所舉行的儀式，必須用祭葉包碎豬骨，祭獻稟報祖
靈、巫神，祈求協助驅逐一切儀式上的障礙，使除障儀
式順利進行！

Auan naga uri semutangtuang ngauga tee mareka izi
tu mereka rhingarhingau tu na maua ngauang tu ika na
marhiherhi ke a tja rascitjen a tia ljecegan.
要驅逐心靈神智上之障礙及干擾，使其神清氣爽，
了無罣礙。

但是，排灣族人的祭祀語言非常艱深難懂！因此，
谷娃娜在祭神的同時，必須實施一種「驅逐語言障礙」
的儀式，即族人所說的「semucirug tua kai」。

Ananaga semucirhuqanga semutangtangau nanga tukai tuljauaran tu ika namauangauang tua ika neemarhikihik nu tjewarkan nu semosa tu tja viyaq parhisiyan.

我們要開始驅逐語言障礙，祈求除去不專心、不順暢，使所有語言流暢，思緒清楚。

在整場祭祀禮儀中，戰士們只安靜地守護他們的戰利品——日本人的首級！

那些不幸被日本人惡意用毒木薯害死的孩子們的父母，心情雖然不平靜，但當他們見到日本人的首級，被高掛在酋長廣場邊上的竹桿上，那種憤怒慢慢地消失！不過，只要一想到孩子的死，他們就衝動地想拉下日本兇手的人頭給予重重的打擊，以消心頭之恨。

然而，日本人既然以侵略者之姿入侵台灣，併吞了居住在山區的排灣族人，並以鄙夷的心態對待族人，他們當然不甘心天皇的子民受到「番人」的殺害！因此，不久後，日本人從台灣西部調集兵馬，並以精準的武器向客芝林部落宣戰！

日本人狂妄地預測，那些反叛日本統治的番民，不消三、五日，就可消滅掉，可是，實際戰況眞的是這樣嗎？

①

　　雲層很低，烏雲像鉛塊，沉重地凝結空中。空氣沉悶得叫人心煩，怕是要下雨了……

　　密集的戰鼓，雨點般地填塞山谷。潛伏在矮樹下及亂石堆中的客芝林戰士們，煩躁地擦汗、蠕動！空曠的河谷通道，橫七豎八地躺著一堆屍首，在灰暗的光線裡，散發著刺鼻的血腥味！而眼力所及的遠方，黃色軍服在急劇地晃動……

　　「嘿！這一仗打得好過癮！」

　　「本來嘛，看那些雜種們，怕死我們啦。」

　　年輕的戰士布拉魯揚與比亞，躲在陣地裡閒聊。聲音很低，卻被坐在十碼外的嘉淖聽到了。

　　「你們先別得意！日本人一定是吃了地形不熟的虧，才敗下陣來的。」

　　「哼！活該！誰叫他們不先打聽我們的厲害，就大搖大擺地闖進來！」

　　「八成是活得不耐煩了！」

　　「也許，日本人沒想到我們會埋伏！」

　　「日本人都很驕傲，根本看不起我們不會打仗！」

　　「這就是驕兵必敗的道理。」

　　「他們日本人罪有應得吧！」

「這些豬，」布拉魯揚指著日本人的屍首：「是阿達烏剌麻斯（族語：太陽神）送來的禮品。」

「可憐又可恨的傢伙們！」

「喂！」比亞扯了扯布拉魯揚：「我跟你賭一缸的醃豬肉，日本人不敢再進攻了。」

「我同意，」布拉魯揚說：「你看，日本人在砌石牆阻擋我們攻擊！」

「日本人在蓋房子嗎？」

「傻瓜，那是在砌圍牆，怕我們再攻擊啦！」

「哈，哈，哈！」眾人開心地笑！

「日本人害怕了！」

「要是他們不走呢？」布拉魯揚擔心地說。

領導者擔心的事總是比較周延，也比較能遠慮以後的事情！

「把他們趕下海去！」

「可是，就憑我們這些破槍和刀箭，恐怕對付不了他們的新武器吧！」

「……」

「……！」

布拉魯揚的一席話，使幾個同伴都愣住了！無可諱言地，日本人那些機關槍真厲害，只噠噠噠，一下就死了三個戰友要不是躲得快，比亞恐怕會跟那些戰友一

樣，已經靜靜地躺在溪灘上，死了。

「喂！別洩氣，麥塞塞基浪與我們同在！」

麥塞塞基浪是排灣族語：酋長的意思。而他們指的酋長，就是那個高大英挺的嘉淖！他雖僅三十出頭的年紀，卻已身經百戰！

他曾經在深山狩獵時，遇到凶猛的黑熊攻擊，當時，他沉著地拔刀迎戰，一開始的時候，他因一時大意，右耳被黑熊拍掉了！他生氣地以鋒利的戰刀刺死了黑熊！嘉淖神勇地戰勝了黑熊的事蹟，傳遍了大武山下所有的排灣族人的部落！因此，他的神勇故事，立刻成為大武山下所有族人模仿的對象。

當他面對日本人的攻擊時，也視同面對黑熊的無懼，雖然日本人比黑熊更凶猛、狡黠；但嘉淖毫不畏懼，因為他想到的是，保護家鄉是他的責任！

戰神嘉淖取好角度站在隱蔽的岩石上，出神地注視著東方，及肩的黑亮長髮，被一條蛇皮束在背後。嘉淖年輕的臉上，有雙炯炯的鷹眼嵌在粗濃的劍眉下，散發著智慧與勇猛的光芒！鑲著珠貝的酋長禮刀被紮在腰際，嘉淖左手按在刀鞘上，威風地屹立在那兒！整個看起來，他就像一頭正欲怒吼的雄獅，勇猛而狡黠，使人望而生畏！

「奔狄克，卓追！」

「咿麻沙！」（族語：有！）

「傳令全體，注意敵人動態，沒有命令，不准妄動！」

「喔咿！」（族語：是！）

如同一對松鼠，兩名戰士一溜煙，不見了。

嘉淖如靈猿般地縱身躍起，而後輕巧地落在沙地上，弓起身在沙灘上畫著什麼⋯⋯

「哼！想封鎖我！好，看誰厲害！」

嘉淖憤懣地站起來，對著手持長矛，擔任警戒者的兩名戰士說：

「伊達，洛撤，你們過來！」

「喔咿！」（族語：是！）

嘉淖咬住兩人的耳朵說了些什麼，然後，拍拍其中一人的肩膀說：

「你們照做，快去！」

「喔咿！」

一溜煙，兩個人消失在暮色蒼茫中！⋯⋯

大地回復了沉寂，黑夜像黑色的網，迅速地覆蓋了山谷；歸來的烏鴉，此起彼落地哀叫，伴隨著蟲鳴，非常淒涼。山谷裡，戰士們除了擔任警戒者外，亦像被夜幕驚擾似地，開始忙碌了！

午夜時分⋯⋯

「噗！」

突然，日軍衛兵應聲倒下，接著……

「啊！」

還來不及放槍警告，一支白晃晃的飛刀，讓另一名警衛靜靜地扶著槍，坐了下來，……

「上！」

一團黑影，迅速地摸到了日軍的陣地上！他們像一批幽靈，神不知鬼不覺地在亂石堆中，交替躍進！

「伊達，右翼！」

「喔咿！」（族語：是！）

「洛撤，左翼！」

「喔咿！」

「其他的，跟我來！」

黑暗中，只有一雙黑亮的眼睛在短促、低沉地下達命令！於是，眾多黑影在他的指揮下靜靜地散開，閃躲從帳蓬中洩出來的燈光！

「格其惡！」（族語：殺吧！）

在搖晃的燈光下，接列著熟睡的日本軍人！大夥兒在戰神嘉淖低沉有力的口令下，舉起鋒利的番刀，割南瓜似地一個個切了過去！

不消一會兒功夫，日軍被全部解決了。

「麻洛哇，啊力！」（族語：結束了，走吧！）

於是，黑影迅速地安靜離開。不過，戰士們仍然覺得疑惑，他們屏聲靜氣地躲過了前面的層層日軍，難道只是為了來殺這些老傢伙嗎？

「砰！」

「砰！砰！」

「達的達達，達的達達──」

當日軍發現同袍們遭到攻擊並死傷累累的時候，戰士們以神不知鬼不覺地回到谷口陣地上了！

「麥塞塞基浪（族語：酋長），讓我們再回去殺個痛快吧！」

「對，殺回去！」

「我們割下的人頭都是老人，真乏味！」

「是啊！」

「⋯⋯！」

「⋯⋯！」

戰士們議論紛紛地駐足觀看日本人放槍。戰神嘉淖搖搖頭，露出一副難得的笑容，可惜，在黑暗中誰也沒見到！

「伊拉坐（族語：坐下來），」戰神嘉淖安撫部下說：「佳麻古，沙卡麻亞！（族語：抽抽菸吧！）」

「麥塞塞基浪，這不太好吧？」

「是啊！利碰（族語：日本人）會發現我們的位置

呀！」

戰士們擔心日本人發現他們的行蹤！

「大家安靜，太吵了，利碰恐怕眞的會發現我們！」戰神嘉淖平靜地分析戰況，他說：「利碰在吹緊急軍號，那是因爲他們發現了他們的『麥塞塞基浪』（領袖）沒有了頭，被我們割走了。因此，利碰再吹號集結兵力，企圖再組成另一支攻擊部隊了吧！」

「我要你們伸伸腿，抽抽菸在緩和你們的情緒，休息一下，準備再跟利碰血拚！」

「可是，麥塞塞基浪，你怎麼肯定他們的『麥塞塞基浪』被我們割頭了呢？」拉浪不解地發問。

「好！」戰神嘉淖平靜地回答，但卻掩不住他得意的樣子：「我問你，我們爲什麼不直接跟利碰作戰，卻偏偏殺了這些蓄著鬍子的老頭子呢？」

沒有人敢回答酋長的問話！

「啊！我知道。」

突然，一直站在一旁不多話的法賽，冒出了一句話！

「你知道什麼？」有人問他。

「他！」法賽突然舉起手裡那顆留著八字鬍的首級，怪聲怪氣地說：「這個利碰人剛剛跟我說『法賽先生，你告訴他們，我就是利碰人的麥塞塞基浪！』」然

後，法賽從腰際取下一件日軍上衣，繼續說：「你們看，這件衣服就是這個傢伙穿的！」

「啊！……」

大家不禁驚呼，戰士們非常清楚，昨天開戰的時候，那個留著八字鬍的老頭兒，正是騎在馬上指揮日軍的傢伙呢！

2

天亮了！

血紅的旭日，從海平面昇起，璀璨地照射大地！

遠方的沙灘上，日本人築起的石牆依舊，唯獨不見人影，那挺嚇人的機關槍也不見了！

「啊力！」（族語：走吧！）

「啊力！」

戰士們沉默地拖著疲憊的身體，走回部落！當他們抵達村莊的時候，像往常一樣，那些痛失愛子或丈夫的家人會痛哭，悲傷莫名！而僥倖不死的人，卻要瘋狂地祭拜敵人，祈求戰神保佑他下一回合戰鬥必勝！但無可諱言地，死亡的悲哀，正慢慢地吞噬著這個部落！

「唉，可恨的利碰（日本人）呀！」

戰神嘉淖搖搖頭，憤恨地把自己關在屋裡。

| 第四章 |

山本警佐

　　一下車，年輕的山本警佐，提著簡單的行李，隨著三位同伴，步入了大武駐在所的辦公廳。

　　那是一間官式建築，大廳中間擺著四張桌子，一些應用文具整齊地放置桌上。一座立體長鏡當作屏風，把辦公廳後半部給遮住了。一個四十歲的警官，正聚精會神地守著什麼……

　　「請問……」

　　走在最前面的北島，腳後跟一靠，「碰！」地一聲，行了一個九十度鞠躬禮，謙恭地問道；警官抬起頭看了一下，立刻驚喜地站起來！

　　「歡迎，歡迎！」他兩眼銳利地瞄了他們四個人說：「來報到的吧？」

　　「嗨！我是北島秀雄，請多指教！」

　　「鈴木一郎！」

　　「熊本勝吉！」

　　「好，我是岡田巡佐。」

　　岡田一說完就又恢復了嚴肅的樣子，右手指了指一排長椅說：「坐，坐坐！」然後，他走到屏風後面，對

著屋後喊了一聲：

「烏南！」

「嗨！」

一個身材瘦長，皮膚黝黑的年輕人，匆匆地跑進來，拘謹地向岡田行鞠躬禮。油膩的西裝頭，在透著玻璃窗的反射下，分外刺眼。

「宿舍整理好了嗎？」

「嗨！已經好了。」

「把他們的行李搬進去！」

「嗨咿！」

「……」

山本怔怔地望著烏南乾瘦的背影，吃力地消失在屏風後面。他那卑屈的表情與烏亮的油頭，極不相稱地閃過他的腦海中！

「奇怪，他是番人吧？」

「嗯！」

岡田巡佐看出山本的疑慮，解釋說：「烏南是客芝林番社的番人；半年前，他自動下山向我們投誠，表示願意在本駐在所服務。所長看他還算精明的，就留下當一名警丁，供本駐在所同事的差遣！」

「嗨咿，知道了。請問所長在嗎？」

「所長帶西村和西田出去了。我先帶你們看看宿舍

吧！」

「嗨咿，謝謝！」

四個人魚貫地跟在岡田的後面，走到了宿舍……

岡田是少佐級的警官，雖僅四十開外的年紀，但削瘦的臉上留著八字鬍，使他看起來比實際年齡大上幾歲。那一對有神的雙眼，常常盯得人發慌。他說話時聲音宏亮，個性卻出奇地固執，是一個典型的警察人員。

「台灣東部的『理番』工作，由於高山峻峭，番民強悍不馴，雖經本所多次安撫，但都沒有收到預期的效果！現在，除了巴乍法勒、多娃竹谷、客芝林、卡那比特等四個番社以外，其餘的土娃巴勒、嘉谷部、拉里巴以及卡洛基等番社，也仍然持有武器，到處騷擾我們皇民！」

岡田少佐十分懊惱地詳細分析大武駐在所轄區的治安狀況，他繼續說：

「尤其客芝林部落爲甚！他們依仗著那名外號叫什麼『戰神』的嘉淖酋長，處處跟我們作對。他實在是我們工作上的一大障礙，因此，我爲了增強我們的兵力，特地請各位參加這份神聖的『理番工作』，務期在短時間內完成上級交付的任務！」

這一夜，山本失眠了。

部長的工作提示，加重了他的心理負擔。當他在台

東警察廳，奉命前來協助「理番工作」的時候，並沒有
預料到事情會那麼嚴重。在台東時，他經常看到番人在
街上購物、吃東西甚至遊蕩。他們除了膚色較為黝黑
外，並沒有什麼值得大驚小怪的。但是，今天部長在言
談中那種鄭重其事的樣子，實在不可思議！

　　還有那個警丁烏南，不知怎地，在僅僅數小時的機
緣中，竟會對他耿耿於懷得莫名其妙！尤其烏南那種刻
意模仿日本人的樣子，令他看不順眼！番人就是番人，
不管他再怎麼化妝，學做日本人的樣子，總脫不開那種
說不出來的土樣。山本以為，既身為番人，就應該有番
人的樣子，就像台東街上的那些番人一樣，根本不在乎
自己的形象……

祕密

　　大武是一個濱海的小村，疏疏落落地建築著幾十棟
茅屋，簡陋、低矮。不過，這裡是台東通往高雄的交通
要道，警察分駐所也就設置在這裡了。

　　雖然如此，大武清晨的海濱還是非常迷人，山本便
喜歡一個人到此地散步。黑色的沙灘很美，踩在上面，

使人覺得好像踩在海棉上一樣地舒暢。每當紅色旭日初昇的時候，對著它深呼吸或高聲喊叫，令人有出塵之感，心中的積鬱也會隨之發洩盡淨。

這一天，山本難得遲起；當他懊惱地爬起身的時候，太陽已經昇空；他匆匆地披衣，就往海濱奔去！

「咦？」

突然，他在亂石堆中發現人影一晃，不見了。

「奇怪？」

好奇心促使山本很快地跳上一塊突出的石頭。環視四周，他只發現一頭油亮的頭髮，迅速地消失在草叢中。

「會是誰呢？一大早就鬼鬼祟祟的。」

他像被人潑了一盆冷水，很難一下子弄清楚。

「嗨！想這些幹嘛？……算了。」

他自嘲地笑了笑，繼續往海邊走去……

「啊！──」

白底帶紫色菊花的和服、黑亮的披肩長髮、苗條的身材，那是正對著海浪深呼吸的少女背影，那迎風飄展的裙裾，露出白膩圓滑的美腿，有如秋天盛開的菊花在風中微顫……

「早安，山本君。」

「……啊，早安。」

　　一直到那少女發現了他的存在，對他甜甜地打招呼的時候，山本這才回復了神志，回答她。那少女娟秀的白皙臉蛋，不知是陽光照射或羞惱的關係，白裡透紅地漾著淺淺的酒窩，明豔極了！

　　「妳……認識我？」

　　「嗨咿！」

　　「那麼，妳是……」

　　「我叫美智子，請多指教。」

　　她兩手交疊在膝蓋上，深深地一鞠躬，笑意仍然沒有從臉上消失……

　　「哪裡，妳太客氣了。」

　　「……對不起，我先走一步了。」

　　「請等一等，」山本突然想起了一件事：「有人跟妳一起來嗎？」

　　「沒有哇，怎麼啦？」

　　「啊！沒什麼，問問罷了。」山本懷著歉意解釋：「謝謝妳，再見！」

　　「再見！」

　　美智子款款地走了。

　　山本對著海洋出神。豔麗的美智子、沉寂的海邊、迷人的早晨、神祕的油頭髮……

　　「啊！難道是他？」

山本好不容易才領悟過來，匆匆地折回駐在所……

他沒有猜錯，那個油頭髮的是烏南。這個傢伙悄悄地跟蹤美智子，想藉機向她表白什麼；沒想到好事多磨，偏偏被山本發現了。他自覺已不是時候，就先山本溜了回去。

其實，烏南單戀美智子已經很久了。

一個月前，當美智子利用暑假，前來大武探望山田所長夫婦的時候，烏南就已心猿意馬地想泡她了。她那編貝似的潔白牙齒、說話時柔和的聲調以及漂亮的臉蛋，遠較部落裡的任何一位少女要強太多了。她的一顰一笑，使他深深爲之著迷，無奈，他是番民，日本人心目中的三等民族；更糟的是，她是山田所長的女兒。日本人都自命不凡，更何況是所長的千金呢？

然而，烏南仍不灰心，他想，只要工夫深，不怕她不投懷送抱！因此，他刻意地使自己變成日本人，忍著酒癮，省下可憐的幾文薪水到理髮店擦頭髮油，又到布店訂做一套日本和服來裝飾自己，使他的外形看似日本人，而且，他更學著日本人那種粗聲粗氣的語調。

可惜，他的這些努力都落了空，美智子根本就忽視了他的存在，幾次想要向她表明愛意，卻一直苦無機會。

「哼！要是在部落裡，看妳往哪裡跑！」

　　不錯！要是在客芝林的話，哼！美智子就被他制伏得服服貼貼的。部落的禮教非常嚴厲，就憑他能言善道的本事，他在被族人驅逐下山以前，不知玩弄了多少女人。

　　「他媽的，龜孫嘉淖，大家走著瞧！」

　　想起了那段「蒙難」的往事，烏南情不自禁地狠狠咒罵被族人奉為戰神的嘉淖酋長。事情竟然就那麼湊巧，正當他抓住那個小姑娘，躲在房裡準備幹好事的時候，就被村民發現並扭送酋長裁決。

　　「烏南嚴重違反了部落的善良風俗，我宣布他被驅逐出本部落，永遠不得回來！」

　　嘉淖酋長治理部落一向非常嚴明，像他這種行為很少人敢犯，故烏南必須出去，至死不得回來。

長征

　　巍峨的高山、崢嶸陡峭的岩壁、崎嶇不平的河谷走道、呼呼的山風，順著彎曲的山谷回轉吹襲，有些涼意。偶爾傳來山壁上猴子的吱叫聲，隨著山谷的回聲，歷久不散……

　　山本默默地在隊伍後面想心事……

　　昨天夜裡，美智子迷惑的表情，他依然記得很清楚。

　　「山本君，明天出發了？」

　　「嗯！」

　　「你好像很高興的樣子？」

　　「當然啦，有機會去征服番人，不是很光榮嗎？」

　　「可是，我不明白，我們爲什麼一定要管他們？」

　　「不是管，我們在幫助番人開化。」

　　「幫助他們？」美智子迷惑地看了他一眼：「既然要幫他們，我們爲什麼要沒收他們的槍枝和子彈？」

　　「不沒收武器的話，那些番人會造反的。」

　　「我總覺得，只要番人不作戰，我們又何必去沒收他們的武器呢？」

　　「……！」

　　山本深深地注視身旁的女孩。他實在不明白，一個大日本帝國的國民，竟然會有這種奇怪而危險的想法，而且，她還是長官的女兒呢！

　　「山本君！」

　　「嗨咿！」

　　「我們好像被跟蹤了！」

　　「眞的？」

「噓！」北島挨過去，附耳說：「才發現的，你看！」

這個時候，他們一行九個人，剛剛通過族人所稱的「鬼谷灣」，正在比較平坦的道路上邁進。

果眞如北島所言，前面不遠的樹叢中不時有人影晃動。他們被跟蹤了！

「北島君，你繼續注意變化，我去報告所長！」

「嗨咿！」

山本說完，加快腳步，到前面去了。

「好！傳令下去，子彈上膛，注意戒備！」

山田所長嘉許地點點頭，迅速發出備戰令；同時，把烏南叫過來，詢問客芝林部落的路程與走法。

「嗨咿，過了前面那座小丘陵就到了。」

「部落的出入口有幾個？」

「有兩處。就是部落盡頭往山區園地，及村口的『乍乍巴勒』。」

「什麼『乍乍巴勒』的？」日本人不懂的族語，就問他。

「就是部落的入口處啦！」

「以後就簡單地說，不准說番語！」

「嗨咿，知道了。」

山田所長一方面訓斥烏南，一方面腦子裡卻在計畫

攻擊的事！

「剛剛剛，剛剛剛！——」

忽然，部落的鐘聲大響！

部落族人聽到鐘聲，個個扶老攜幼地往深山裡躲起來了！

「北島、鈴木！」

「嗨咿！」

「馬上帶警丁兩名封鎖後面的道路！」

「嗨咿！」

「西田、西村！」

「嗨咿！」

「迅速封鎖部落出口，若制止不聽就開槍打死！」

「嗨咿！」

「山本和林警丁跟我來。」

山田所長以他豐富的「理番」經驗，迅速而有效地下達命令！

「烏南！」

「嗨咿！」

「你把番人帶到村後向我報到。我的位置在頭目家屋前面的祭台旁邊！」

「嗨咿，遵令。」

山本緊張地跟在所長後面，不時警覺地向後張望，

防備番人自背後突襲！

　當日本人進入客芝林部落後，村莊裡靜悄悄地，看不到一個人影。顯然，他們的來到不受到族人的歡迎。這使山田所長很懊惱，他曾經安撫過許多番社，卻沒有像客芝林這樣冷落的⋯⋯

　「嘉淖，你出來！」

　走到酋長門口時，山本大聲地對緊閉的大門吆喝！

　「嘉淖，你出來！」

　「⋯⋯！」

　「山本君，撞開！」

　「嗨咿！」

　山本在附近找到一根粗木頭，它的長度剛好可以由三個男子扶住，並擊打大門。於是，三名被點到的警丁合力撞擊酋長的大門。不久，大門「呀！」地一聲打開了，一個六十餘歲的老婦人走出來，看著日本人。

　「山本君，把她架出來，我要問話！」

　「嗨咿！」山本不敢大意，應聲把瘦弱的老婦人架到山田所長的前面。

　烏南當然是翻譯人，透過烏南的翻譯，以下對話是這樣的：

　「妳是誰？嘉淖到什麼地方去了？」

　「我是嘉淖的母親，我的兒子昨天上山狩獵去

了！」

「嘉淖什麼時候回來？」

「不知道。」

「他帶了多少個壯丁？」

「不知道！」

「村民看到日本帝國的警察為什麼躲開？」

「他們以為瘋狗來了。」

「妳說什麼？再說一遍！」山田所長氣極了，激動地大罵：「渾蛋！」

「你才是渾蛋，日本狗！」

這句話，烏南沒敢直譯！不過，經驗老到的山田所長狠狠地踢了她一腳，老婦人因此倒了下來！

「馬鹿野郎！」山田所長指著在地上掙扎的婦人，說：「殺！……殺了這個沒禮貌的番婦！」

「所……所長，殺了她不妥吧？」

「不妥？這叫殺雞儆猴！」

山田所長不由分說，掏出手槍「砰！」地一聲，老婦人就當場氣絕了！……

「嘩……嘩……」

這個時候，他們的四周突然集結了許多人，比手畫腳的不知在說什麼！

「砰，砰砰！」

　　突然，村西響起了槍聲，山田所長立即臆測到有人想衝出去了！

　　「砰砰！」

　　村口又傳來了淒厲的槍聲！

　　「任何人都不准動！」烏南受了山田所長的指示，站在祭台上，圈起雙手大聲傳令：「你們已經被日本人包圍了，乖乖地交出武器就免你一死。否則，如果被查到私藏武器的人，全家處死！」

　　「你這個不要臉的色鬼，嘉淖麥塞塞基浪會吊死你！」

　　「日本人的走狗！」

　　「叛賊！」

　　「不要臉！」

　　「……！」

　　族人紛紛地手指著烏南開罵！卻不見有人走出來繳武器彈藥！

　　所長很氣惱，就對著人群「砰！砰！砰！」地連開三槍，頓時，哀號痛哭聲立即傳開！

　　「哼！饒了你們這一次！」山田所長收起槍枝，說：

　　「山本君！」

　　「嗨咿！」

「傳令北島他們立即回來！」

「嗨咿！」

山本飛快地朝村後跑去！

「這是誰？」

回到村口的時候，山本發現隊伍中多了一名番族少女。

「嘉淖的妹妹，」烏南得意地說：「留她在警察分駐所，就不怕番民不乖乖地交出武器！」

「卑鄙的傢伙！」

山本心裡這樣想，卻不能說出來。多虧烏南想得出來，否則，嘉淖是很難就範的。

復仇夜

當嘉淖接獲這不幸的消息時，他正率領著三十餘名族人，在嘉洛麥麥山狩獵中……

「伊娜（族語：母親）死了，嘉莎也被帶走了，那些無辜的族人被屠殺了！啊！日本人好狠！」

任何人在突遭如此變故的時候，哪有不感到憤怒、迷惘與悲哀的！

「安息吧，伊娜。嘉淖誓死替妳與部落村民報仇血恨！」

「伊娜，妳是我們全體部落族人的伊娜；以前，妳教育我們要仁民愛物！但是，當我們面對殘暴的日本人的時候，伊娜，對不起，我們要大開殺戒，把日本人殺得滾回大洋中！」

「伊娜，我現在請我們的祭師為妳送終吧！」

「谷娃娜，開始巴利西！」（族語：唸咒，解厄！）

「喔咿！」

始終站在嘉淖酋長旁，看他唸經宣誓的谷娃娜，安靜地看他作法，沒敢打擾！現在，輪到她上陣了。

Au ki tjyaken naga cu ti ljahiumeg aken a qadau

a ken a naqemati yaken pu pinatjeljuan pu

pinakizaljuman

我是創造湖、海、溪、河之神，Ti ljalj umege

Au ki tjyaken naga cu ti saljemetje aken,

i rharhiuuan a pu pinarutanagan

tu kakimodain nanga.

我是居住在 Rharhiuclan 的巫術及祭儀創始之神

Saljeemelje ！

　　谷娃娜藉著神明的力量，把往生者平安地送到排灣族人的聖山丘卡父龍（族語：大武山）。傳說中的聖山是族人靈魂永久居住的聖地，因此，當族人往生後，就請巫師唸經，使他平安地到達那處聖地居住。

　　嘉淖的母親與無辜的村民，經過谷娃娜的祭祀後，族人深信，他們的靈魂已化做神仙，飛到聖山長住！

　　安葬了母親及族人後，嘉淖恨恨地拔出寒光閃閃的酋長禮刀，高舉在墳上發出誓言：

　　「安息吧，伊娜，嘉淖誓死為妳及蒙難的族人報仇！」

　　「麥塞塞基浪（酋長），讓我們以牙還牙，討回血債！」

　　「麥塞塞基浪，我們誓死效忠並擁護你向日本人討回血債！」

　　「……！」

　　族人莫不情緒激動地高呼要報仇血恨！

　　當嘉淖雪亮的兩眼掃瞄那些激動的人群時，人們才慢慢地安靜下來！

　　「戰士們，」他把禮刀插回刀鞘，激昂地握舉說：

　　「祖先們的遺訓說，絕不輕言開戰！但當戰爭不可避免時，要勇敢地戰鬥到底！」

　　「對！戰鬥到底！」

「今天，日本人為了沒收我們賴以狩獵及自衛的槍枝，竟然屠殺了我的母親及無辜的族人！不但如此，他們這些禽獸還把我的妹妹也擄走了當人質！我們不能再忍耐，我已決定跟日本人戰鬥到底！」

「對！戰鬥到底！」

「不再忍耐！」

嘉淖酋長的激動演說感動了族人，眾人紛紛提出建議！

嘉淖冷靜地看著族人，然後說：

「與其等日本人來消滅我們，不如我們去攻擊他們！」

「死裡求生！」

「麥塞塞基浪，vejai！」（族語：萬歲！）

「maisaisai chilan vejai！」（族語：酋長萬歲！）

嘉淖熱淚盈盈地注視著沸騰的族人，激動得說不出話了！二十餘年來，他在母親及族長們剴切的訓導下，遵循著祖先們不輕易開戰的遺訓，兢兢業業地領導部眾，建立了一個和平、康莊的社會，使附近的族人莫不以羨妒的眼光，看著他們欣欣向榮地發展！可是，當那些日本人的勢力入侵部落以後，所有的一切都改觀了。像這一次，日本人僅僅是因為部落不肯繳槍，竟然就殺掉了他親愛的母親及可愛的部落族人！

「以往，鄰村的二十一個部落族人，由於我以不輕言開戰的祖訓來告誡他們，要謹記戰爭的無情及破壞，而不輕言殺戮，因此，我贏得了『chimas nawa lquchi』（族語：戰神）的雅號。現在，我鄭重宣布：

「我僅以戰神的名字，向殺害我同胞的日本人宣戰！」

「討回血債，至死不渝！」

「殺掉日本人，安慰被殺的族人！」

「戰神！」

「戰神！」

「戰神！」

「……！」

沸騰的族人高聲歡呼，像陣陣驚雷，嗡嗡嗡地響徹山谷，直衝雲霄，歷久不散！

⑤

執行

這天夜裡，嘉淖接受了谷娃娜臨行前的祝禱……

谷娃娜在眾戰士們面前，莊嚴地舉起巫術刀及左手拿的獸骨，對著天神仰首唸經：

I sazazazatj i sazazazatj reledengurecunga lja
kuserhatj suarhidan suurhadan nu rhekerhek nu
puringau ka marupatjecusuin i remangnauan nu
tji maravaciq nu tjemarainasakan quwadain
naceumuni naqemimang ti samacaucan ti samaca-
ljuvng a i kinauurhu sini pasasimu lja i qinidarau
semupaljiq semacirng a qadau a nu qemati
kipurhanan kiuusukan au kipa tengetenganga
i ya i!

在祖靈屋裡虔誠地祈請匯集眾神之力，帶領部落的
勇士們，勇敢地衝鋒陷陣，務使敵人無所遁形，以
迄全部滅亡！！

　　經過了谷娃娜在祖靈屋前的加持後，勇士們更有信
心在巫神的保護下，能順利地完成殺敵復仇的任務！
　　他們安靜地跟在酋長嘉淖的後面，充滿信心地摸黑
前進，嘉淖預計在天亮前，他們就能抵達大武街，然後
再直衝大武警察駐在所！
　　駐在所靜悄悄的，只有一熟睡的警佐趴在值班台
上。嘉淖一個手勢，卡度便很快地解決了日警並順利割
下人頭，掛在腰際！
　　拘留所的鑰匙在那個人的腰帶上找到了。嘉淖命令

其餘的兵力包圍宿舍，發現動靜，立刻解決，不必等嘉淖的命令！

嘉淖帶著卡度找嘉莎，他相信她一定被關在拘留所！果然不出他所料，他們很快地在拘留裡發現了嘉莎！

「嘉莎，妳醒醒！」

嘉淖拿著從值班台那個警佐腰帶上得到的鑰匙，打開拘留所的門，走進去叫醒她。

「啊！咖咖（族語：哥哥），怎麼會是你？」

「噓——不要吵，妳跟我來。」他拉住妹妹的手，到拘留所外問她：

「除了看門的，另外還有幾個日本人？」

「我不確定，大約三到五個吧！」

「住哪裡？」

「後面的兩間房子。」

「好！妳跟卡度先走，我去去隨後就到！」

「咖咖（哥哥），你……」

「放心，我會小心。」

「嘉莎，走吧！」卡度催促說。

嘉淖帶著部下向後院走去，先他們而到的戰士們，已經取好攻擊角度，準備殺進去！

「他媽的，大門從裡面被鎖住了。」

　　布拉魯揚湊過來，低聲地向酋長報告。原來，急性子的戰士們來不及等候酋長的命令，已事先動手了。

　　「別急，我來叫醒！」嘉淖很快想出了辦法：「誰帶火柴來了？」

　　「麥塞塞基浪，我有帶。」卡拉拜急忙回答，他平時就有吸菸草的習慣，當然會自備火柴。

　　「好，把辦公廳燒掉！」

　　「喔咿！」

　　「現在的問題是，那個混蛋所長住在哪裡？」

　　「幹麼？」

　　「擒賊先擒王，我要殺了他替伊娜報仇！」

　　「……！」

　　「什麼人？」

　　巧合的是，屋子裡的山田所長聽到了他們的低語，機警地持槍喝問！

　　「呼！」

　　木造的辦公廳在炎熱的夏天，很快地著火燃燒了！

　　熊熊的火勢，燃燒了黎明前的大武分駐所！嘉淖和戰士們屏住呼吸，靜靜地躲在陰暗處，等待著慌慌張張的日本人出現！

　　「火警——」

　　山田所長發現火勢已經蔓延到屋頂，遂忘了剛才的

低語聲，大聲呼叫同伴：

「岡田，鈴木，起床救火！」

「呀！」地一聲，三個衣冠不整的影子，推開門直衝辦公廳而去！

「上！」

「殺——」

「番……」

冷不防地，從黑暗中閃出了六、七個持刀的族人，直取要害而來！這三個傢伙還來不及喊媽，就已經身首異處，被戰士們解決了。

山田所長匆匆叫醒美智子後，轉入廚房準備救火，赫然發現後面站著一個凶光閃閃的番人！他隨手丟下水桶，返身欲取武器自衛……

「啊！」

一枝白晃晃的飛刀插進了山田所長的背後，他痛苦地慘叫一聲，倒了下來！緊接著嘉淖一個箭步，左手抓住山田的頭髮，然後腰刀在他脖子上一抹，山田所長露出驚恐眼神的首級被割了下來！

「哇！爸爸！」

被拉邦抓住了的美智子大聲哭叫！嘉淖本欲抽刀殺她，但美智子在燈光下痛哭的漂亮臉蛋，使他獲得了一種報復後的快感！

「哼！讓妳也嚐嚐失親的痛苦！」

「帶走！」

「是！麥塞塞基浪（酋長）！」

拉邦迅速地將美智子的雙手反綁，推著她走出了宿舍！

「番仔殺死日本人啦！」

「哇，危險喔！」

「緊走哇！」

閩南人發現日本警務人員遭到原住民出草，紛紛走避，深怕日本人找他們作證什麼的，惹得麻煩事上身！

其實，他們平時也受盡了日本人的欺侮，常就背後漫罵日本人！現在，當他們看到日警的房舍遭原住民燒掉後，又發現日警的頭顱被原住民切下掛在腰際，他們居然沒有一點同情心，反而覺得日警罪有應得，殺得好！

東方漸漸地露出魚肚白，晨陽趕走了黑夜，大地在火光中漸漸甦醒了……

「快走，別讓家人擔心。」

嘉淖滿意地拍拍一名戰士的肩膀，微笑著向伸向客芝林部落的道路邁進！

這一仗，他們獲得全勝！

這一仗，揭開了原住民對日抗戰的序幕！

這一仗，嘉淖報了日本人殺母的仇恨！

戰神的名字，像太陽光一樣照射所有原住民部落的每一個人！

日本人低估了原住民的力量，日本人戰慄了！

奸細

「馬鹿野郎！」

台東支廳長松本三郎重重地拍擊辦公桌，咆哮！熊本勝吉木立一旁，活像一尊木乃伊！年輕的臉上極不調和地時紅時白，太緊張了！

「記住，我不管你是什麼理由僥倖不死，我要提醒你，我們大日本帝國警察信條是：長官有難時要全力救護，如果長官不幸殉職，部下要以死報效天皇！知道嗎？」

「嗨咿，謝謝長官。」

「別打岔！為了使你有一個立功贖罪的機會，我派你做『理番前鋒』，告訴友軍如何進入番社，你去過客芝林部落，沒問題吧？」

「嗨咿！沒問題。」

「好！松山少佐！」

「嗨咿！」

「我任命你做大武警察部長，從現在起，大武地區變成理番重鎮，原大武駐在所升格為大武警察部，負責阿郎伊、大武、巴乍法勒及客芝林四個部落番化的理番工作，生擒那個叫什麼嘉淖的番人頭目來！有問題嗎？」

「沒有問題，請長官放心！」

「傳烏南！」

「嗨咿！」

烏南拖著不聽指揮的雙腳，像得了寒熱症似地，搖擺移動至廳長大人的辦公桌前，停住，行了一個九十度鞠躬禮，乾著喉嚨喊：

「報……報告支廳長大人……大人！番民烏……烏南！南，聽候指示！」他好不容易才支支吾吾地報告完畢。

「嗯！」松本支廳長莊嚴地坐在寬大的辦公桌後面，睜大兩眼，把這個烏南從頭看到雙腳，害得烏南渾身不自在，雙腳也抖得更厲害了！

「混蛋！」

「嗨咿，謝謝！」

「派你任務，你這個樣子……行嗎？」

「報……報告長……長官，番……番民，一定盡……力！」

「馬鹿野郎！我是問你行不行！」

「嗨咿，行、行、行的。」

「你發誓絕對效忠大日本帝國嗎？」

「我發誓。」

「即便叫你去死？」

「死？……死！」

「怎麼樣？」

「大人，我誓死效……效……忠！」

「那，嘉淖認識嗎？」

「我恨死他了！」

「好！」

支廳長站起來，走到烏南的面前，嚴厲地吩咐：

「你趕快回去客芝林部落，想辦法找嘉淖，告訴他，我會在三天內帶兵掃蕩！我要他在部隊到達以前帶那些戰士投降！否則，我會用大砲把客芝林夷為平地！」

「嗨咿，遵命！」

「嗯，我再強調一次，你的責任是保護美智子小姐的安全！」

「嗨咿！」烏南奉承地說：「我傳話給雜種嘉淖，

要他向日本投降！」

「你才是雜種！」

「嗨咿，我是雜種！」

「退下！……本田傳令兵。」

「嗨咿！」

「備車！」

支廳長上車，匆匆地走了。

烏南卻懊惱地上了松本少佐開往大武的警備車，風馳電掣行駛到往目的地！

瘋狗

烏南被殺了。

憤怒的客芝林酋長嘉淖不能再寬容他的罪行，就在他到達客芝林部落後的次日凌晨，當他因姦殺美智子而畏罪潛逃時，被族人追殺並吊死在村口的大榕樹下，以警示族人千萬不可以學烏南出賣部落又姦殺無辜的女性，即使她是日本女子！

原來，烏南已悄悄回部落，準備執行他說服嘉淖酋長的「偉大任務」！而嘉淖酋長也猜得出，烏南一定有

某種任務要替日本人工作，因此，他密派部屬小心監看這個傢伙。

「烏南，麥塞塞基浪（酋長）要見你。」

「嗯！好。你告訴麥塞塞基浪，烏南就到！」他傲慢地指示來者。

接著，烏南突然狂笑，送信的青年感到莫名其妙！

「快去回報！」烏南狂笑後，凶惡地命令來者！

不久，日本人的走狗烏南來了。

「坐吧！」嘉淖酋長一見部落的叛徒，沒好氣地說。

烏南自顧自地打上衣口袋裡掏出一包日本菸，架起二郎腿，撕開菸盒上的封紙，然後抽出一根，就送給嘉淖酋長！

「不用，」酋長拒絕：「我自己有自己種的菸草！」

烏南自討沒趣，只好將送出去的煙草拿回來，拿出火柴，一劃！點上煙了。

「喔！好香啊！」

「放屁！」

「對，對不起！」

「你在這裡還敢這麼放肆！」

「對，對不起！」

「在我面前竟敢如此放肆！」

「我只是想讓你知道日本人的好東西罷了。」

「什麼好東西！讓你自己都忘了你是什麼人啦！」

「別……別那麼衝動啊，麥塞塞基浪！嘖嘖，支廳長說得不錯，你還眞是一個頑固的人。」

「你再講！」

「麥塞塞基浪，格其惡（族語：殺了他！）」一直守在酋長身後的衛士，恨恨地抽出腰刀，就要砍下去！

「唉，唉！年輕人別衝動啊！我的話還沒有傳到呢！」烏南一看情勢不對，立刻伸手制止說：「麥塞塞基浪，你要深思呀！嘖嘖，日本人馬上就要包圍客芝林部落了，如果執迷不悟頑抗下去的話，會死很多人的。到了那個時候，部落族人不再聽你的指揮，恐怕你的老命也沒有了！」

「繼續說！」酋長意外地沒發怒。

「支廳長要我告訴你，馬上率眾投降！否則，哼！客芝林就完了！」

「不行，」酋長站起來，嚴厲地回絕：「殺頭也不投降！」

「還有，」烏南想起了一件事：「美智子我保護，任何人都不能靠近她！」

「放心，她除了行動不自由以外，沒人能動她！」

「那，人呢？我要去看看。」

「竹林地區的茅屋裡，馬卡竹逢（族語：青年戰士）帶你去！」

「麥塞塞基浪！」有人擔心人質會受到欺負，想要建議酋長，不讓色狼去看她。

「不要緊，你就帶他去吧！」

「麥塞塞基浪，關於投降的事，你再考慮考慮。」臨行前，烏南還是關心他的任務。

「別說了，日本人要來就儘管來，我們毫不懼怕！」

「好！算你有種！」

烏南說完，跟在青年戰士的後面走了。

嘉淖抽出雪亮的腰刀檢視著：心想，投降豈是男兒漢的行徑？不如硬撐下去，說不定阿達烏剌麻斯（族語：太陽神）會像從前一樣地暗助他化險為夷！

然而，真的，狗改不了吃屎！

「誰？」

黑暗中，美智子分不清是人還是鬼，對著逐漸靠近的黑影大聲喝問！

「噓——我是烏南，要救妳出去。」

「真是烏南君嗎？」

美智子平素對烏南並不欣賞，但她現在正處於在危

難中，急需有人幫忙脫困，所以，她也就顧不得那麼多了。

「是啊，妳在哪裡？」

「我在這裡，左邊一點，靠柱子的地方！」

「啊！我找到妳了。」烏南高興極了，他一直想吃的那塊肉就在眼前！

「眞的是烏南君呀！」

欣喜中，美智子興奮地抓住了烏南伸過來的手掌！一股少女特有的體香，透過他的鼻子直襲心臟！烏南日以繼夜的心願，就是這溫馨的一刻！

「啊！美智子，讓我抱抱妳吧！」

烏南的內心正如此吶喊！於是，他迫不急待地把美智子抱住，硬是把他腥臭的嘴脣在她的臉上不停地搜尋什麼……

「烏南君，不要！」

「……」

烏南不作聲，喘著氣，繼續活動！他已經把美智子的嘴堵住，並迅速地將她壓倒地上，就想亂來！

「哇！──」

一聲慘叫驚破了沉靜的夜空，也喚醒了外面的警衛，更糟的是，她這一喊，惹毛了烏南，使他產生了殺她的念頭！

「誰？」守衛在黑暗中喝問。

「啊！——」一聲悶哼後，守衛聽到了重物倒地的聲音，接著門扉一開，一團黑影閃了出來！

「是你？」

守衛擋住了去路，卻發現是同一部落的烏南！

烏南一不做二不休，對準守衛的腿肚就是一刀！守衛應聲倒下！

「捉賊呀！」

他大聲地喊叫，然而，烏南遠去了！

「麥塞塞基浪，那個日本女子被殺了，兇手是烏南！」

守衛忍痛，一拐一拐地報告嘉淖酋長；當酋長了解真相後，立刻鳴鐘抓賊！於是，客芝林部落為了一個不爭氣的族人，再次沸騰！

「麥塞塞基浪！」

戰士上氣不接下氣地站在門口，對著酋長報告！

「什麼事？」

「我們……在村口攔到了烏——南！」

「人呢？」

「我怕他再逃走，就吊死在村口的大榕樹上！」

「好，派人看守，我馬上來。還有，那個日本女人要好好地埋葬，不可以羞辱她的遺體！」

「可是，麥塞塞基浪，她是日本人，是我們的敵人呢！」

「我知道！不過，她是因為我們的欺負而死，所以，她是什麼身分不重要。」

「是的，麥塞塞基浪！」

酋長厚道的心感動了族人，因此，美智子的遺體被族人依正常死亡的方法埋葬。族人在青年聚會所的後面，挖了一個人深的洞口，在把遺體放進去後蓋上厚厚的泥土，還種了一些花！

至於烏南，他們僅隨便挖了一個洞穴後就把遺體埋了！然後那棵樹就變成不吉利的象徵，沒人去接近了！

前夕

松本三郎煩躁地走來踱去，一臉嚴肅的表情，像雷雨前夕，氣氛顯得煩悶極了！

「本田傳令兵！」

「嗨吶！」

「傳令各部隊立刻出發！」接著，他自言自語：「我要親自殺了那個馬鹿野郎的嘉淖！」

　　於是，一支三千餘人的龐大隊伍，在松本三郎支廳
長的率領下，浩浩蕩蕩地往客芝林部落出發了。

　　另一方面，客芝林部落的嘉淖酋長，也帶領了一支
精銳的戰士隊伍，正在積極備戰中。嘉淖對著集合在廣
場上的龐大隊伍演說：

　　「我們跟日本人的戰爭已經到了非戰不可的地步
了。」在火把的照耀下，嘉淖充滿殺氣的臉孔，變成了
多色的幻燈片在急驟地變化：「不必顧忌他們的新武
器，大家只要機警一點，它在哪裡響，我們就過去把它
搶過來，調轉方向射向日本人！我們的士氣絕對勝過他
們！」

　　「擁護戰神，戰鬥到底！」有人高聲歡呼！

　　「對！抗戰到底！」

　　「戰神萬歲！」

　　「客芝林萬歲！」

　　「……！」

　　嘉淖欣慰地舉起雙手，接受戰士們的歡呼！然後，
他領著戰士們大跳排灣族式的戰舞！

　　於是，鼓聲咚咚，火光熊熊，戰志在昇華，黎明的
陽光也提早來到部落了！

　　經過了半日的行軍，日軍也在谷口外紮營歇息。入
夜以後，他們聽到了族人發出的戰鼓聲，松本三郎支廳

長立即召集日軍熊本。

「這些鼓聲，……」

「長官，這不打緊的。」

「是不是攻擊信號？」

「不是！那是番人為提高士氣所打出來的鼓聲！」

「那我們正可乘其不備，……」松本支廳長突發奇
想。

「長官，不可以。」

「理由？」

「第一、我們的士兵對地形不熟，摸黑作戰會吃
虧！第二、嘉淖這個人極為機警狡滑，他既然敢在陣前
鳴鼓，表示他半路上有埋伏！」

「依你的看法呢？」

「我們在天亮前必須完成以下部署：第一、在谷口
的兩側架兩挺機關槍。第二、砲位要設在高地，天一亮
就開砲轟擊部落，這樣就可消滅他們的士氣。如果還有
不怕死的番兵跑出來的話，我們就見一個殺一個，見十
個殺十個。這樣，就不怕他不投降！」

「好！就照你的戰法吧！」松木三郎支廳長，高興
地接納他認為的好主意。

⑨

勇士魂

天亮了。

山谷裡靜悄悄的，晨光在昏暗的大地上撒下了一片金色的網……

「嘉淖，你出來！」

日軍指揮官松本三郎用話筒對著山谷喊話，沒回音，他再喊，卻被一排槍制住了。

「馬鹿野郎，開砲！」

於是，頃刻間，山谷就充溢著隆隆的砲聲，迷濛的濃煙在谷口內外飛揚，幾乎整個山谷都被震垮了！

「長官，番人衝出來了！」

「機槍組，射擊！」

頃刻間，兩挺機槍猛烈地對著正在交替躍進的黑影射擊！於是，槍聲、慘叫聲、咒罵聲、喊殺聲，立即充溢山谷！

「達達達，達達達！」

「哇！」

突然，左翼的機槍調轉槍口，猛烈地掃射日軍陣地！頃刻間，慘叫聲從對面轉到了日本人的陣地！

「馬鹿野郎！趕快制止番人的火力！」

松本三郎顧不得支廳長的威嚴，不得不蹲下來，大聲喝斥！但，番人們都像鬼魂似地跑到他面前，手舞足蹈地砍殺起來！

「衝啊！」

慌亂中，松本氣急敗壞地對著步槍隊發令！他企圖用步兵綿密的火力牽制來犯的番兵！但，大砲爆炸後激起的濃煙，及跳射的碎石子所挑起的塵土，卻嚴重地影響了能見度，大家只有慌做一團地蠻幹，根本失去了指揮系統！

「啊！」

迷濛中，嘉淖酋長躲過了重重包圍，一馬當先地衝進了日軍陣地，對著熊本勝吉的胸窩就是一刀！

「嘉淖，你⋯⋯」熊本勝吉搖晃一下，指著嘉淖漸次模糊的影像說了一下，死了。

「格其惡，馬不拉特！」（族語：衝啊！殺了全部！）

嘉淖對著勇猛的戰士們高喊！可是，他又看到了他所不願見到的畫面：戰士們在日本人無情的機槍下，又倒下了不下十名！

「追呀！」

嘉淖舉起戰刀，指向谷口喊叫！戰士們紛紛湧向山

谷內奔去!

「嗞──嘩──」

又一顆大砲彈炸開,一下子就倒下了三、五個戰士,在地上打滾,哀嚎!這情形,非常淒涼!

「谷口,快到谷口集合!」

嘉淖大聲警告,面對如此兇猛的武器,他除了下令躲起來以外,已經無能為力了。

戰?

不戰?

這個問題馬上困擾了睿智的嘉淖!現在,情勢所逼,他必須馬上做出決定!戰的話,沒有十分把握會打贏日本人新銳的武器以及源源不斷的兵力;但是,不戰的話,他無法向鄉親父老交代,恐會留下千秋的汙名!

「對了!」

嘉淖經過思慮後,突然豁然開朗,他自言自語地說:「與其不名譽地苟活,倒不如拚死戰場,也許可以扭轉局勢!」

嘉淖扶著左臂,踉蹌地向谷口奔去!

集合全部戰士後,他們只剩不到五十名。在機槍與大砲的轟擊下,那百餘名戰士已光榮地犧牲了!

戰士們躲在岩石下,怔怔地望著黯然失神的戰神!

「戰士們!」嘉淖緩緩以稍帶激動的表情,對殘餘

的部下說話：「戰士們，日本人的刺辣辣格（族語：原
指電擊聲，現作大砲）確實厲害極了，使我們的許多戰
士犧牲，可是，我們為什麼來打戰，你們有誰知道？」

「……！」

大家你看我，我瞧你的，沒有人回答。

「卓追，誰殺了你父母？」

「日本人！」

「布拉魯揚，在不在？」

「我在這裡，麥塞塞基浪！」

「你妹妹包勒斯呢？」

「日本人強姦了她，她羞愧自殺了。」

「卡度！」

「……」

「卡度呢？」

「卡度死了，麥塞塞基浪！」

「對！卡度為保護部落族人，光榮地犧牲了。他父
母也是死在日本人的槍下！」嘉淖說到這裡，哽咽地說
不出話來。

「麥塞塞基浪，你怎麼啦？」族人關心地追問他。

「麥塞塞基浪，你要振作起來，帶我們殺日本凶
手！」

「對！日本人凶手殺了我母親！」嘉淖想起了慈祥

的母親，差點又哽咽地說不出話來：「她那麼慈祥的老人，日本人也不放過，真的太可恨了！」

「你們說，我的母親跟族人們都該死嗎？」嘉淖利用激將法，厲聲問他的部下！

「麥塞塞基浪，他們不該死！」大家同聲呼應：「該死的是那些日本凶手們！」

嘉淖見到時機已到，他站起來，振臂高呼：「我們要報仇！」

嘉淖激動地說：「我們不但要替死去的同胞討回公道，也要為子子孫孫們爭取生存的空間！」

「對，我們要戰鬥到底！」

「向日本人討回血債！」

躲在岩石後面的戰士們紛紛走出來了，團團地圍在嘉淖酋長的四周，像一群等待出征的蜜蜂一樣，嗡嗡嗡地話語不斷！

雖然，他們還是不時地聽到谷口外大砲的爆炸聲，但戰士們一心求戰求勝的復仇之心，滿溢他們胸臆中，任誰都動搖不了！

「戰士們，我們只要抱著必死的決心，勇敢地向敵人的陣地前進！我們一定打贏這場戰爭！」

「現在，聽我分配任務；第一隊，由卓追率領攻打敵人右翼的機關槍。第二隊，由布拉魯揚攻打敵人的左

翼大砲陣地。其餘的，由我領導攻擊日本人的正面部隊！大家聽清楚了嗎？」

「清楚！」

「好，攻擊！」

「殺──」

「殺──」

每一名戰士的後面都拖著一枝枯樹枝，專找沙地奔馳。戰士們口裡哇哇地叫囂，頃刻間，他們像萬馬奔馳般地揚起灰塵，大地被掃得什麼也看不見了⋯⋯

日軍在慌亂之餘，就舉槍盲目射擊！但，原住民戰士倒下了一個就會冒出兩個，加上咚咚咚的戰鼓聲，他們好像變成更多更多的戰士在衝鋒陷陣，造成日軍害怕他們，一個個地棄械投降了！

左翼機槍被戰士們占領後，戰士們調轉槍口，對準日軍猛烈地射擊！於是，情勢完全改觀。

松本三郎頻頻搖電話求援，但吵鬧的聲音響徹雲霄，對方根本聽不到！不得已，他只好拿著手槍往砲陣方向逃跑！日軍一見指揮官跑了，也一個個地溜掉了！

嘉淖看準了松本的背影，緊緊地追著他。戰士們一見到他們幾乎已經打贏了這場戰爭，遂見一個砍一個，見兩個就殺一雙，而倒楣的日軍已陣腳大亂，輸定了！

砲隊一見指揮官跑來，立即舉槍想射擊嘉淖酋長！

但年邁的松本三郎跑不過嘉淖；就在他接近砲陣不到三十公尺的地方，被嘉淖酋長追上，一刀砍中心臟，倒下來，死了！

嘉淖酋長失去了松本支廳長的屏障，他被砲隊的一排槍擊中，接著他坐了下來，圓睜著不甘心的大眼，死了！

「戰神！」

「戰神！」

戰士們一見嘉淖坐下，一個個跑過來搶救！那些開槍的日軍也很快地死在戰士的戰刀之下。

「砰砰砰！」

「砰砰砰！」

就在此時，一排步槍響起，那些像飛蛾撲火的戰士們，也一個個死在嘉淖的四周，形成一幅壯烈的畫面！

……

……

終於，槍聲停歇了！

「嘉淖──」

一聲淒厲的女人叫聲傳來，谷娃娜不顧自己的危險，從樹林中飛奔而出，衝到戰神陣亡的陣地上！

「嘉淖，你等等我，我陪你去！」

谷娃娜像失心瘋一樣地不顧禮俗，抱住嘉淖坐著的

遺體，伸手抽出嘉淖的腰刀，勇敢地往自己的胸窩一刺，鮮血便像自來水一樣噴出，而後，她身體一抖，死了！

嘉淖在情人的陪伴下，終於與谷娃娜的遺體一起倒下！

族人在悲傷之餘，彷彿看到他們手拉手地跟在一名白髮老人的身後，靜靜地往大武聖山的方向走去！

人們深信，那位帶著他們的老人就是巫神！

國家圖書館出版品預行編目資料

排灣祭師：谷娃娜 / 陳英雄著；——初版.——台中市
：晨星，2016.12
面；公分.——（台灣原住民；061）

ISBN 978-986-443-201-1（平裝）

1.原住民 2.排灣族 3. 文學

863.857   105020064

台灣原住民
61

排灣祭師——
谷娃娜

作者	陳 英 雄 （谷 灣 · 打 鹿 勒 ）
主編	徐 惠 雅
美術編輯	林 姿 秀
封面設計	黃 聖 文
校對	張 慈 婷

創辦人	陳銘民
發行所	晨星出版有限公司
	台中市407工業區30路1號
	TEL：04-23595820 FAX：04-23550581
	E-mail：service@morningstar.com.tw
	http：//www.morningstar.com.tw
	行政院新聞局局版台業字第2500號
法律顧問	陳思成律師
初版	西元2016年12月20日
劃撥帳號	22326758（晨星出版有限公司）
讀者專線	04-23595819#230

定價280元

ISBN 978-986-443-201-1
Published by Morning Star Publishing Inc.
Printed in Taiwan